| 经典名著名译 |

William Wordsworth
华兹华斯抒情诗选

插图修订本

[英] 威廉·华兹华斯 著

黄杲炘 译

陕西师范大学出版总社

图书代号：WX15N0884

图书在版编目（CIP）数据

华兹华斯抒情诗选 /（英）威廉·华兹华斯著；黄杲炘译. — 西安：陕西师范大学出版总社有限公司，2016.9

ISBN 978-7-5613-8563-0

Ⅰ.①华… Ⅱ.①威…②黄… Ⅲ.①抒情诗—诗集—英国—近代 Ⅳ.①I561.24

中国版本图书馆CIP数据核字（2016）第156873号

华兹华斯抒情诗选

[英]威廉·华兹华斯 著　黄杲炘 译

策划编辑	郭永新
责任编校	杨　珂　宋媛媛
装帧设计	观止堂_未氓
出版发行	陕西师范大学出版总社
	（西安市长安南路199号 邮编：710062）
网　　址	http://www.snupg.com
印　　刷	山东临沂新华印刷物流集团有限公司
开　　本	710mm×980mm　1/16
印　　张	20.5
插　　页	4
字　　数	154千
版　　次	2016年9月第1版
印　　次	2016年9月第1次印刷
书　　号	ISBN 978-7-5613-8563-0
定　　价	58.00元

读者购书、书店添货或发现印装质量问题，请与本公司营销部联系、调换。
电话：（029）85307864　85303629　传真：（029）85303879

译者前言

18世纪，英国小说已开始繁荣，诗歌创作则相对沉寂。然而，在这个世纪将近结束的1798年，英国出现了一本篇幅短小的《抒情歌谣集》——如果直译的话，是《抒情歌谣及其他》，因为其中不全是歌谣。诗集作者为艺术风格迥异的两位年轻诗人华兹华斯和柯尔律治（后者在诗集中只有三首诗）。虽然该书问世之初受到了苛评，而且集子中除了第一首柯尔律治的《古舟子咏》和最末那首常被简称为《丁登寺》的华兹华斯的《诗行：记重游葳河沿岸之行》等篇外，并未包含两位诗人的最优秀作品，然而历史证明，正是这本当时并不起眼的诗集揭开了英国文学史上崭新的一页，成为英国文艺复兴以来最为重要的作品和文学里程碑。它摆脱了18世纪多数诗人所恪守的简洁、典雅、机智、明晰等古典主义创作原则，在形式上摒弃了在蒲柏手中达到登峰造极地步并垄断了当时诗坛的英雄双韵体；在内容上，以平民百姓日常使用的语言描绘和歌颂大自然的景色和处身于大自然中人们的生活（尤其是遭到不幸和贫苦无告者的境遇），抒发诗人的感受和沉思，开创了探索和发掘人的内心世界的现代诗风。所有这些，使这本诗集成为英国文学史中承上启下、开一代诗风的作品。

1801年初该诗集再版。为了反击诗集所受到的攻击，华兹华斯写了洋洋万言的再版序言，阐明了他和柯尔律治的一些观点。他提出，"一切好诗都是强烈情感的自然流露"，公开宣称"这些诗的主要目的，是在选择日常生活里的事件和情节，自始至终竭力采用人们真正使用的语言来加以叙述或描写，同时在这些事件和情节上加上一种想象的光彩，使日常的东西在不平常的状态下呈现在心灵面前"；并说，"我通常都选择微贱的田园生活做题材……因为在这种生活里，人们的热情是与自然的美而永久的形式合而为一的……他们表达情感和思想都很单纯而不矫揉造作……在这些诗中，是情感给予动作和情节以重要性，而不是动作和情节给予情感以重要性……我的目的是模仿，并且在可能范围内，采用人们常用的语言……我想使我的语言接近人们的语言，并且我要表达的愉快又与许多人认为是诗的正当目的的那种愉快十分不同……我希望这些诗里没有虚假的描写……"①

这篇序言虽然有些地方持论失之偏颇，却是浪漫主义诗论的奠基之作，被后人称为浪漫主义诗歌的"美学宣言"。另外，华兹华斯关于内心探索的见解——认为诗歌可以包含一切知识乃至可以包含科学的观点，可以说是20世纪新诗理论的先驱。凭这宣告英国文学史上一个新时代的一本诗集和一篇序言，华兹华斯即使没有留下其他作品，他的名字也足以永垂英国文学史册了。

然而，他还留下了大量歌颂自然风物的优美抒情诗，探索人的心灵历程的鸿篇巨制，精彩凝练不亚于莎士比亚的十四行诗（尤其是，他的十四行诗韵式变化多端，开拓了这种诗的领域），还有《雷奥德迈娅》这种以古典题材写出的作品，为后人增添了新的诗歌门类，等等。总之，他的作品十分显著地丰富了英国诗歌本来就已相当可观的宝库，既生动反映了当时平民百姓的生活状态，又影响了拜伦、雪莱、济慈等年青一代的浪漫主义诗人，以及远在大西洋彼岸的美国诗人布赖恩特和弗罗斯特。可以说，在莎士比亚之后，对英国诗坛做出他这样巨大贡献的诗人是绝无仅有的。

另外，他在诗歌翻译上的成绩也颇引人注目。他不仅翻译希腊、罗马的古典作品和乔叟以中古英语写成的作品，还翻译德国、意大利、法国的作品。这反过来更扩大了他的诗歌视野，让他汲取了外国的诗歌营养。

一

1770年4月7日，威廉·华兹华斯出生在英国坎伯兰郡的考克茅

---

① 这里所引用的《再版序言》中的文字，均摘自伍蠡甫主编的《西方文论选》（下卷），上海译文出版社1979年版，第5—9页。

斯。这地方位于英格兰西北角的"湖区"内,该地区跨坎伯兰、威斯特摩兰和兰开夏三郡,以星罗棋布的湖泊和秀丽的山色而闻名。他排行第二,上有哥哥查理,下有妹妹多萝西和两位弟弟约翰和克里斯托弗。他父亲是律师,一家人住在颇有气派的大房子里。离他家不远,是后来被他称为"河流中最美的"德文特河,河对面则是他心爱的去处——考克茅斯城堡的废墟。

他最初在考克茅斯入学。有趣的是,后来成了他新娘的湖区姑娘玛丽·赫钦森(1770—1859)和他同时进校。华兹华斯8岁丧母后,被送至故乡东南二三十英里的豪克斯海德小镇上学。该镇地近湖区中央,风光旖旎。这学校当时颇为有名,学生来自英格兰西北各地,有的甚至来自苏格兰。他们三三两两寄宿在当地居民家中,经常去附近的大自然中嬉戏游荡,结识农夫、羊倌。该校校长是位好教师,又是诗歌爱好者,对华兹华斯诗歌方面的兴趣爱好和才能起了引导和点拨作用。很明显,在豪克斯海德近十年的学生生活,对华兹华斯日后的思想和艺术风格有着重要影响。

在此期间,他又遇到了不幸:1783年,他父亲突然去世。接着,几位舅父成了他们兄弟四人的监护者,妹妹多萝西则由外祖父母抚养。五个孩子从父亲那里继承的遗产主要是对一位贵族的8500镑的债权。但是这贵族在1802年去世之前,一直不愿偿还这笔钱。可以想象,华兹华斯青少年时期的生活并不富裕。

1787年,他结束了在豪克斯海德的学习,进入剑桥大学的圣约翰学院。他对那里的课程不太感兴趣,却熟读了大量古典文学作品,又学习了法语、意大利语、西班牙语等。1791年毕业,获文学学士学位。

早在1790年暑假期间,他受法国启蒙主义思想家卢梭(1712—1778)返回自然的思想影响,曾与同学徒步游历法国、瑞士和意大利。在法国,他亲眼看到法国人民欢庆攻陷巴士底狱一周年的动人情景。1791年大学毕业后,他先在伦敦待了四个月,接着在威尔士北部徒步游历数周,然后,为了进一步掌握法语,他于该年11月再次去法国。在随后的一年里,他结识了许多温和派的吉伦特党人,成了热烈拥护法国革命的民主派,并认为法国革命是争取人类自由的伟大运动,表现出人性的完美。在此期间,他同一位法国医生的女儿安妮特·伐隆

(1766—1841)相识,不久由热恋而同居。尽管安妮特出身于天主教家庭,政治观念上也相当保守,华兹华斯却不顾这些,一心想同她结婚。但他的舅父们却因他同情法国革命而大为吃惊,急忙召他回国。对此,经济上完全依赖舅父的他毫无办法,只得向即将分娩的情人告别。

他怀着对法国革命的满腔热情回到英国,过了不到三个月,法王路易十六及其王后被送上断头台。接着,在1793年2月,英国向年轻的法兰西共和国宣战。形势的急剧变化,使他重去法国同安妮特·伐隆完婚的愿望成为泡影——此后,他们两人间的距离越来越大,再也不可能结合为夫妻了。

半年后,雅各宾派在法国专政,华兹华斯在法国的一些吉伦特派朋友遭到镇压。同时,对法国革命不利的各种传闻充斥英国。尽管如此,华兹华斯对法国革命仍抱有同情。他此时出版的《黄昏信步》和《景物素描》中,就有认为法国革命为人间带来自由,使自然生色增光的内容。而且,在当时没人敢于承印的《一个共和派致兰道夫主教》的信中,他勇敢地表明自己反对专制、同情革命的立场。他不顾英国政府对进步言论日益加紧的压制,对自己的信念直言不讳,认为革命是封建势力的压迫造成的,发生在法国的一些恐怖事件不能归咎于革命本身(即使在十年之后,他还在作品中称法国大革命是"希望与欢乐的痛快演习",尽管他对暴力革命持否定态度)。此后,他还同以葛德文为中心人物的激进派来往,受到一定的影响。

然而,拿破仑上台后,法国国内对其曲意奉承以及他向其他国家发动的扩张战争,终于使华兹华斯对法国革命产生了幻灭感。再加上一些亲属对他的排斥,使他十分痛苦,精神状态一度濒临崩溃。

这时他经济上也相当困难。舅父们对他的政治活动不满,不愿再予接济。他既无职业,又未建立起一定目标;他想从事法律工作或担任教职或从军,但都不合口味。正感到彷徨,一位病中受他护理的朋友去世。这朋友既同情他观点,又钦佩他诗才,给他留下了900英镑的款子和要他献身于诗歌的愿望。这时浪漫主义思潮正在兴起,加之他自幼受到自然陶冶而形成的性格,他决定用这笔钱实现其接近大自然、潜心写诗并探索人生意义的夙愿,使自己痛苦的灵魂有所寄托,使郁积在心的理想和爱得以宣泄。于是,在1795年,他在妹妹多萝西陪同下于多塞特郡安顿下来。

从此多萝西一直同他生活在一起，终身未嫁。她聪慧体贴，观察力强而又善于描绘，不仅照料哥哥的饮食起居，抚慰他伤痛的心灵，而且还是他热情的鼓励者和不倦的助手，在使他成为划时代诗人一事上，起着不可忽视的作用。

就是在这1795年，华兹华斯兄妹俩初次遇见了当时远为有名的诗人兼评论家塞缪尔·柯尔律治（1772—1834）。后者在剑桥大学求学时期，已读过《景物素描》，看到了华兹华斯的诗才，乐于与之交往。1797年起，他们间的关系密切了起来，有一段时间几乎天天见面，因为华氏兄妹已迁居至离柯尔律治家很近的住处。于是，英国文学史上一段最富有成果的诗人间的友谊开始了。华兹华斯既已从精神创伤中恢复，又在这种彼此得益的交往中得到极大的鼓励、帮助和启发，终于进入了他诗歌创作的高潮时期。

在这"共有着一个灵魂的三个人"（多萝西语）的努力下，1798年10月，威廉·华兹华斯和塞缪尔·柯尔律治不署名地出版了收有几十首作品的薄薄诗集——《抒情歌谣集》。这本开一代诗风的集子中的某几首，柯尔律治曾给英国作家威廉·哈兹里特（William Hazlitt，1778—1830）朗读过，后者这样描绘自己当时的感受："我感觉到一种新的诗歌风格和精神"，就像看到或体味到"新犁过的土地或第一阵令人惬意的春风"。

1798年秋至1799年春，华兹华斯抱着学好德语的目的同妹妹和柯尔律治前往德国。在那又长又冷的冬天里，他满怀乡愁地写下了包括《露西》《露丝》在内的他最著名的一些诗歌，而他最重要的长诗《序曲》也在这时开始创作。

1799年5月，诗人兄妹高兴地回国了；随后，由柯尔律治和《抒情歌谣集》的出版商陪同，在他们心爱的湖区做了一番徒步旅行，就此在格拉斯米尔一幢后来被命名为"鸽庐"的屋子里定居到1808年，度过了他创作力最旺盛的时期。

1800年是他多产的一年。一方面他准备与柯尔律治出版两卷本的《抒情歌谣集》，另一方面则写下前面提到的再版序言。在这篇经过两位年轻诗人商讨而写出的文章里，他阐明了他们这种新诗歌的理论基础，比较系统地提出了他们的文学主张，表明同传统诗歌分道扬镳的决心。

此后，他很少注意诗歌理论，而是像弥尔顿那样，常用十四行诗来表达对一些重大事件的看法和记录自己生活中的重要时刻。值得注意的是，他用这种诗体写过一些爱国主义的和支持欧洲弱小民族争取民族独立、谴责拿破仑侵略与暴政的作品。他许多最著名的十四行诗写于1802年。也就是在这一年，他终于继承到父亲的部分遗产，趁着英法之间暂时停战的机会，在多萝西陪同下去了法国，会见了他从前的恋人安妮特·伐隆和女儿卡罗琳。双方怀着友好的情谊了却了这段姻缘。十四行诗《这是美好的黄昏》便写于此时，记载了诗人当时在法国的心情。回国后，他与自幼相识的湖区姑娘玛丽·赫钦森结婚。不久，又在多萝西和柯尔律治的陪同下徒步游历苏格兰。这一时期他创作颇丰，写下了《孤独的收割者》等脍炙人口的名篇，还开始写通常被称为《永生颂》的他最负盛名的《颂诗：忆幼年而悟永生》。他还对《抒情歌谣集》的前言做了扩充。然而此时他在这诗集上受到的责难仍多于赞扬。

中年时期的诗人遭到了一些不幸。1805年，同他感情最深的兄弟约翰在海上风暴中遇难。诗人根据自己的感受写下了《哀歌》，流露出世界观上的某些变化。1810年，他和柯尔律治在一些基本观点上的分歧演变成公开的争吵。1812年，他的次子和次女去世。而从30年代起，他同胞手足中同他在生活上、创作上关系最密切的多萝西体力和脑力日渐衰退。当然，最可悲的是他自己的诗才迅速退化：在1815年之后基本上没有重要作品问世，在1835年以后则几乎不再发表作品了。

形成鲜明对照的是，这时的华兹华斯却声誉日隆，上门拜访、求见的人络绎不绝，因为他的诗逐渐为广大青年和其他读者所接受、所喜爱。正如英国著名散文家、文学评论家托马斯·德·昆西（Thomas De Quincey, 1785—1859）在1835年所说的那样："1820年之前，华兹华斯的名字给人家踩在脚下；1820年到1830年，这名字是个战斗的名字；1830年到1835年，这已是个胜利的名字。"此后，他在英国文学史上的地位已经确立，一百多年来的时代变迁对他的名声似乎已没有多大影响，只是人们在欣赏、评价他作品时的观点有所不同而已。第二次世界大战结束以来，读者和评论界对浪漫主义作家既很有兴趣，又颇感同情；华兹华斯作为浪漫主义的重要代表，更受到极大注意，有关他的专著层出不穷。

华兹华斯后期创作的退化，颇引人注目，因为这退化同他政治态度的变化有较明显的对应关系。人们看到，自从他1803年支持反对拿破仑的战争起，他在政治立场和宗教信仰上日趋保守，原有的生活热情和批判精神逐渐淡薄以至消失。1813年，在一些贵族的安排下，他接受任命，担任威斯特摩兰郡税务官这一闲差，每年领取四五百镑俸禄。1843年，也就是在牛津大学授他荣誉学位后的第四年，年已73岁的他继另一湖畔派诗人骚塞之后接受了"桂冠诗人"称号，领300镑的年金，因而遭到年青一代诗人们的指责和挖苦。七年之后，这位长寿的诗人去世了。

二

华兹华斯生活在一个革命的时代，一个经历着翻天覆地变化的时代。他6岁那年，大英帝国的北美殖民地发表了《独立宣言》。此后，美国人民经过几年的战争和斗争，1783年11月，英王乔治三世终于在上议院以颤抖的声音宣布承认美国独立。华兹华斯在大学求学期间，法国爆发了资产阶级大革命；在其他一些国家和地区，要求民族独立、结束专制制度、建立民主政治的汹涌浪潮正冲击着当时的世界秩序。而此时已成为"世界工场"的英国国内，尽管由于资本主义工商业的发展和向海外进行的掠夺使财富激增，广大的劳动人民却并未得到什么好处：在粮食作物被课以重税的政策下，厂矿中每天干16小时活的妇女和儿童所得无几，甚至难以糊口；而破产的农民离乡背井，大批大批沦为城市饥民或流离失所的游民、乞丐。对这种情况，连素以保守著称的英国统治阶级都感到担心，深恐由此引起革命，不得不于1832年通过法案，准备改革。

各个时代总有与之相应的文学。18世纪出现了繁荣的小说创作，而在华兹华斯生活的年代里，人们感情澎湃，热血沸腾，在文学上表现为诗歌时代，华兹华斯便正是这大动荡时代的产物。他显然意识到这一点，因为他认为：英国诗歌艺术在弥尔顿之后已几乎沦落到语法艺术的地步，这段时间里几乎没有出现过能对大自然做崭新描绘的诗人；而他所处的，却是由他和柯尔律治开启的诗歌复兴时期。

青年时代的他，在哲学上是启蒙主义思想家和自然神论者卢梭的信徒（后来，他还赞同葛德文为反击对法国革命的攻讦而于1793年发表的《政治正义论》中表达的思想）。因此，当法国爆发以《人权宣言》为号召的革命，这位信奉自由、平等、博爱等启蒙主义信条的青年诗人自然而然受其吸引。然而他毕竟是富裕律师的儿子，长期处于较保守亲属的监护之下，又在传统势力较强的学校里受教育。所以当他看到法国革命中的刀光剑影、腥风血雨，看到拿破仑上台后的穷兵黩武、飞扬跋扈时，感情上大受震撼，深恐他所热爱的祖国也将经受血的洗礼。自此，他息影田园，寄情山水，立场观点渐趋保守，并导致创作上才思枯竭。尽管如此，我们仍可以说：他是一位在作品中始终表现出民主思想的诗人。在《抒情歌谣集》的序言中，他曾宣告诗人的责任是保卫人性，传播友谊和爱。到了晚年，他在诗歌中依然流露出对下层人民的痛苦生活，对遭到不公正待遇的不幸者所抱的同情和不平。以他接受"桂冠诗人"称号一事而言，他在接受赐封时宣称，如果国内发生什么事件，他须经过思考才发表意见，并且只有在真正被感动的情况下，才会写诗表态。事实上，正是他对广大人民命运的关切和同情（他自己的一生也并不富裕，因为写诗没有为他带来财富，他过的是物质生活简朴的日子），使他特别乐于写他们的生活和他们所处的自然环境。而为了要把他想描绘或歌颂的平凡事物写得确如他看到的那样真实自然、质朴无华，同时又要它们显示出各自特有的美和动人之处，他就必须摒弃原有的诗歌传统，另辟蹊径。正因为这样，他成了新的文学时代的先驱，成了浪漫主义诗人中的代表人物。因为，浪漫主义的精髓在于：文学必须反映自然界中和人性里一切天然的东西，作家必须以完全自由的方式处理自己爱好的题材。

三

与同时代的任何英国作家相比，华兹华斯都是更乐于写大自然的。他这方面的诗，既是他作品中最有造诣的部分，也是英国同类诗歌中获得最高成就的。他对大自然有着深厚感情,对实现了工业化之后有着种种痼疾的城市却颇为厌恶;他认为大自然能够启迪人性中博爱和善良的感情,而且,融合在大自然中能使人得到真正幸福。他一生中绝大部分时间都在他出生地所在的湖区一带度过,他诗歌中有很大部分是直观地描绘那里的自然风貌。无怪乎艺术评论家约翰·罗斯金(John Ruskin, 1819—1900)称他为那个时代英国诗坛上的风景画家。这里值得一提的是,19世纪中叶,在同华兹华斯有过一段渊源的法国形成了巴比松画派。该派画家在艺术上或反对当时的学院派因袭古典传统,或不满绮靡浮华的风格,于是先后来到巴比松村,以那里大自然中的田园风光和农夫、牧人为描绘对象,创造出风格淳朴简练的作品使人一新耳目。这同华兹华斯的情形十分相像。在某种意义上说,他们的画和华兹华斯的诗歌是同一种艺术思想在两种艺术领域内的表现,可以相互补充、相互说明。

正如华兹华斯自己所比喻的,他像是风一吹就会响起和谐乐音的竖琴,对周围世界的感觉极为灵敏,自然界中的千姿百态都逃不过他的眼睛,而他的观察力又颇不寻常,不仅能从最平凡的事物中清楚地看到美,而且往往能透过表面,找出事物的内在含义。然后,在真实而准确地把这种美描画出来的同时,使之带有一种不寻常的光彩。他之所以能这样别具只眼地观察自然,把自然看作具有与他一样或相近的精神和个性,也许是因为他确信:整个自然界充满了永生的宇宙精神,在一切事物中都体现出所谓"神灵"的存在。

除了自然界,他诗歌中另一重要描绘对象是人,是那些同大自然息息相关的平凡人和他们的生活。值得注意的是,在涉及人生哲理的几首重要诗作(如《诗行:记重游葳河沿岸之行》《颂诗:忆幼年而悟永生》及长诗《序曲》等)中,他透露出对人生历程一些颇具特点的看法。他认为,人在幼年时期对自然界的影响比较敏感,是世界上欢乐和美的集中体现,因为婴儿直接来自创造了大自然的造物主,带有对生前那个世界的回忆。按照他的说法,人在童年时与自然界、造物主之间所具有的这种亲密关系,原应贯串于人的一生,使人的整个一生崇高又幸福;然而社会生活和反自然的城市生活却在削弱和扭曲人的这种天赋,因此只有返回自然,去过简朴的生活,才能使人免除那种不幸。不仅如此，他感到人在童年时的天然本能和欢乐是人间的真正幸福，而一切人为的欢乐则很快就会让人感到厌倦。他写广大人民群众的悲苦，也写他们的欢乐，在他的不少诗中隐隐地传出这样的消息：人生的基调是幸福的，但这幸福要靠人的努力去争取、去赢得。事实上，他不仅尊崇幼稚的婴儿，尊崇处于无意识状态因而最接近自然的人，而且，由于他认为世上的一切生灵都曾受到大自然的孕育，是自然整体中不可分割的部分，因此他也怜惜动物及其他自然界中的居民。

在具体的诗歌上，他也有不少值得注意的特点。首先在创作方法上就与一般的抒情诗人不同，他有意识地不断积累对自然界的印象，以便储存起来供以后应用。至于作品的特点，我们不妨看看《抒情歌谣集》的合作者怎么说吧。从这位被他称为"我们时代最优秀的诗人"的作品中，柯尔律治曾总结出著名的"六大优点"：语言极度纯粹；思想感情明智而强烈；每个诗行、诗节都既有独到之处又有力量；完全忠实于自然界中的形象；沉思中包含同情，深刻而精微的思想里带有感伤；想象力丰富。

这一热情的评价虽然略有溢美之嫌，但基本上与实际情况相距不远。我们认为，华兹华斯不尚奇幻，以其宁静的沉思和富于想象力的风格写得真挚自然，亲切质朴，既注重自然的可感性而着意捕捉细节，又从人们的日常生活中开挖感情宝藏，以取得新鲜感和奇迹般的效果。在他留下的许多优秀作品中，尤其是那些形式多样、韵律变化灵活的抒情短诗，民歌风格的谣曲以及格律比较自由的颂诗中，这些特点更为明显。不过在初读他的作品时，往往不易注意到。这是因为：他写的既是普普通通的题材，笔调又极为清淡朴素，这种一无雕饰的美往往被习惯于辞藻绮丽、戏剧性强烈之作的我们所忽视。

然而，华兹华斯缺乏幽默感，他以自我为中心的性格，加之对诗歌颇为极端的一些看法，例如他认为"散文的语言与韵文的语言并没有，也不能有任何本质上的区别"，坚信好的诗和好的散文是相似的。因此有不少作品，写得不够优美，旋律性既不强，语言也较平淡。尤其是一些长诗，由于过于强调求实，写得拖沓滞重，呆板乏味，而过于具体的铺排又扼杀了诗的意境。这种情形，在诗人进入其创作后期时表现得更为明显。这时的他，立场既趋保守，想象力也大不如前，笔下那些风格较为单一的作品中思想往往不够丰富而又缺乏灵感和热情，同时还带有较浓重晦涩的消极思想、宗教情绪和福音说教成分，因此也常为人们所诟病。

考虑到上述这些情况，这本诗集中主要选取华兹华斯特别擅长的牧歌和比较短小而抒情性较强的诗歌，尤其是脍炙人口的名篇佳作，而在着重选择他前期创作的同时，也酌量地选译了中、后期的诗歌，以便读者对他一生中较短诗篇的创作，对通过这些诗作所反映出来的创作思想的变化有较为全面的了解。但限于识见和水平，译者在华兹华斯数量相当庞大的较短诗作中所做的选择，以及对这些被选诗歌所做的翻译，势必有很多不足。对此，恳请专家、学者和广大读者提出宝贵意见。

黄杲炘

1985 年 11 月

2015 年 2 月略有修改

目　录

001 ································ 序诗
002 ································ 椋鸟之死
004 ································ 〔一支歌谣〕
007 ································ 为将来离校而作
008 ································ 舟中晚唱
009 ································ 怀念科林斯
010 ································ 题登山小路旁的座位
011 ································ "报时的钟在敲，我得去了"
012 ································ 可怜的苏珊在梦想
013 ································ 夜　景
015 ································ 坎伯兰的老乞丐
024 ································ 写给我妹妹
026 ································ 布莱克大娘和哈里·吉尔
031 ································ 她眼神狂乱
035 ································ 最后一头羊
040 ································ 我们是七个
044 ································ 管猎犬的老西蒙·李
048 ································ "从山后吹来一阵大旋风"
049 ································ 山楂树

01

059	写于早春的诗行
060	写给父亲们看的逸事
063	安德鲁·琼斯
065	"我爱在风狂雨骤的夜晚"
067	劝和答
069	转守为攻
071	诗行：记重游葳河沿岸之行
077	从前有个男孩
078	"一阵昏沉蒙住了我心灵"
080	"她住在人迹罕到的路边"
081	"我有过阵阵莫名的悲痛"
082	采坚果
084	丹麦王子
087	露　丝
097	两个四月之晨
100	泉　水
104	露西·葛雷
109	爱伦·欧文
112	"她沐了三年阵雨和阳光"
114	致 M. H.
115	鹿跳泉
124	两个懒散的牧童
129	瀑布和野蔷薇
131	歌：为漂泊的犹太人而作
133	七姐妹
136	没孩子的父亲
137	心爱的羔羊
141	玛格丽特的悲苦
145	被遗弃者

页码	篇名
146	"我曾在海外的异乡漫游"
147	洞穴中写下的诗行
148	露易莎
149	水手的母亲
151	艾丽丝·菲尔
154	几个乞丐
156	致蝴蝶
157	致杜鹃
158	"每当我看见天上的彩虹"
160	颂诗：忆幼年而悟永生（永生颂）
170	麻雀窝
171	致云雀
172	"世上最美的一切中，有我爱人"
173	三　月
174	绿　雀
176	致雏菊
177	致雏菊
180	致蝴蝶
181	预　见
182	决心与自立
190	徒步远足
191	"我想到：是什么使伟大的国家驯服"
192	致睡眠
192	"世俗叫我们受不了；无论早或迟"
193	"月亮啊，你多悲哀地爬上天穹"
194	"船舶远远近近散布在海面上"
195	有感于威尼斯共和国的覆亡
196	"太阳早已下山"
197	在威斯敏斯特桥上

198	作于加莱附近的海滨
199	"这是美好的黄昏,宁静而晴朗"
200	致杜桑·卢维杜尔
202	伦敦,一八〇二
203	写于伦敦,一八〇二年九月
204	"修女不会因修院的斗室愁闷"
205	作于某城堡
206	致一位高地姑娘
210	未访亚罗
213	"一开始她是欢乐的精灵"
215	小小燕子花
216	天职颂
219	劝　诚
220	"我独自游荡,像一朵孤云"
221	紫杉树
223	忠　诚
225	孤独的收割人
227	哀　歌
230	"对,这是山峦的深沉回声"
231	水　鸟
233	诗　行
234	一个英国人有感于瑞士的屈服
235	一八〇六年十一月
236	诉　说
237	纺车之歌
238	"噢,夜莺啊,你这个生灵"
239	悼　诗
241	览美丽的图画有感
242	一个三岁孩子的特征

页码	篇目
243	"你的光辉若确实来自于苍天"
244	"我蓦然一乐,就急得像风一样"
245	初访亚罗
249	雷奥德迈娅
258	作于一个出奇壮观而美丽的傍晚
261	小支流
262	追思
263	在剑桥的国王学院教堂
264	致——
264	致云雀
265	"冷冷的夜半露珠还没有"
267	"别小看十四行;评论家蹙额皱眉"
268	"只有诗人知道作诗时的辛苦"
268	对四季的寻思
270	"你怎么默不作声?你的爱竟是"
271	"这些好山谷保全了多少树"
271	诗人和笼中的斑鸠
272	亚美尼亚公主的爱情
282	岩石上的樱草
284	"空气芬芳宁静,有露水的潮气"
286	在坎伯兰海岸的一个高处
287	"不管有没有道路,只顾往前走"
288	"若充满苦乐的伟大世界"
289	致一位儿童
289	爱利瀑山谷
290	闻詹姆斯·霍格去世有感即赋
293	夜思
294	温德米尔湖边的孀妇
296	"听听这只画眉呀!阴雨中早来的"

296	"昨天的傍晚,他带着蔑视在对抗"
297	可怜的罗宾
299	"让雄心勃勃的诗人去攻占人心"
299	"一弯新月,爱神的一颗星"
300	"对!你漂亮"
300	"我的女士啊,你美好笑容"
301	"高高在上的夜之女王多美丽"
302	"读者,别了!这是我最后几句话"
303	华兹华斯生平简表
305	后　记
307	又　记

序诗①

诗人给我们崇高的爱和关心,
愿他们永远受到祝福和称颂,
他们神圣的歌使世上的我们
生活在真理和纯真的欢乐中!
啊,愿我的姓名和他们的并存——
那我就高兴地听任生命告终。

---

① 本诗为华兹华斯最早写的诗歌之一,创作年份不详,译在这里作为序诗。

椋鸟之死[1]

为了这可爱椋鸟的死去
怜悯心为之哀声地哭泣。
小爱神们和维纳斯,哭吧,
因为可爱的椋鸟睡着啦。
维纳斯用她含泪的目光,
看这椋鸟躺在她膝头上,
而小爱神们围拢在一起,
轻轻抚摸那僵掉的双翼。

* * * * *

维纳斯对你怀有着母爱;
你同她比起来远为欢快。
因为她是在哭泣中度日,
你却远离这喧闹的尘世,
得到了至高天父的照顾,
进了安宁而静谧的睡乡——
如果没有他亲切的监护,
没有鸟雀会跌落到地上。

1786 年?

---

[1] 本诗中的前8行与后8行曾分别发表。

〔一支歌谣〕①

"你竟要这样丢下我一人,
　你竟敢把誓言背弃?
记住:玛丽死去后,她的魂
　会到你床前缠住你。"

埃斯威特村最美的姑娘②
　含泪说,可是白费劲;
脉脉含情的眼睛他不看,
　哀哀的倾诉更不听。

黄昏时分,他常去那桥头,
　那桥离她的窗不远;
在那里,他同别的姑娘们
　又笑又唱地磨时间。

她见了流泪,她爸爸皱眉,
　她的心已在开始碎;
时常,她整整一天呆坐着,
　不开口也不肯张嘴。

她经常看见当地那澄湖
　映照出晨光的绚烂;
可看哪!阴沉沉的云飘来,

---

① 原诗无名。六角括号中的诗题为诗集编纂者所加。
② 埃斯威特在豪克斯海德南面不远。这里有个小小的埃斯威特湖,湖的北端距豪克斯海德不到1英里。

使欢乐的景色黯淡。

村里人曾在玛丽的脸上
　　看到了更美的心灵；
可她的百媚千娇已笼上
　　深深的绝望和不幸。

漆黑的夜半她时常出门，
　　游荡在寂静墓地上，
或在威南德的陡岩上坐下，①
　　倾听着翻腾的波浪。

她爸爸见了，心肠已变软，
　　不久，信仰让宽慰的
希望之光引她去安眠处——
　　那里既阴暗又有蛆。

因为，这时候她死期已近，
　　她的魂已常常出现——②
散发着幽光飘忽在草地上
　　或站在门口的旁边。

她见了就喊："这可白费劲，
　　因为我的心已破碎，
又清楚地知道死期已近，
　　知道再不能永相随。

老天告诉我——可我没长眼——

---

① 威南德（Winander）即温德米尔（Windermere），是湖区和英格兰第一大湖。
② 根据迷信的说法，在人将死之时或死后不久，魂就会显形。

说我没多久会死去；
玫瑰曾开在我家花园中，
　　开在十二月的雪里。

我的威廉见玫瑰便采下，
　　采下的花儿就给我；
老天警告我——可我没长眼——
　　说这人将会害死我。

很快，我双眼将不再流泪，
　　嘴里再没有抽泣声；
你摸——什么能暖和这冷手？"——
　　像死神的手一样冷。

人们拿手套来给她暖手——
　　是威廉送她的东西
她见了又哭，发出的悲叹
　　把她送进了坟墓里。

丧钟响起来，姑娘们来了，
　　来吻吻装裹好的她；
孩子们敢做的只是抚一下，
　　他们大哭着抚摩她。

第二天，大家抬她去墓地，
　　聚在她棺柩的周围；
没哪双手里不拿着花朵，
　　没哪双眼中不噙泪。

　　1787年3月？

为将来离校而作

(结尾部选段)[1]

亲爱的故乡,这次的别离
给我的感觉让我能预计:
我无论今后会走到何处,
无论我的路在何时结束,
只要对这里的感情纽带
到那时有一条依然存在,
我心灵将以渴望的目光
单单就朝着你频频回望。

就像在遥而又远的西面,
当太阳落下去准备入眠,
尽管没有光照到山谷里——
没一缕光线纪念这别离,
仍恋恋不舍投出一束光,
把它升起处的山峦照亮。

   1786年春夏或1788年初?

---

[1] 本选段最初发表于1815年,是作者收在当年集子中最早的诗作。

舟中晚唱

那晚霞渲染着浪尖波峰,
那水面上一片绚丽灿烂;
船儿在无声无息地前进,
船头之前是绯红的西天!
向后远去的水流多么暗!
时光在欢笑中一晃而过!
但也许骗人的点点闪闪
会把其他的漫游者迷惑。

这景色把年轻诗人引诱,
尽管随之而来的是蒙眬,
他感到那些色彩该保留,
直到他平静地进入墓中。
那就让他去被美梦欺骗,
即便忧愁地死去又怎样!
谁的梦不是这样的香甜?——
哪怕明天有痛苦和忧伤。

1788年?—1791年?

怀念科林斯①

作于里士满附近泰晤士河上②

缓缓地淌吧，永远这样淌！
泰晤士河呀，让别的骚客，
美好的河呀，同样可欣赏
正迎我而来的两岸景色！
美好的水呀，永远这样淌！
你恬静灵魂赐福于大众，
让我们的心灵同你一样，
像你深深的水永远流动。

空想吗？但像你现在这样，
在你这水流中仍可看见
一位写诗人心灵的形象——
多么地清澈、平静又庄严！
那诗人曾得到这种祝福，
在这里吟出了晚期小诗③——
他唯一的办法逃避痛苦，
是抒发同情的淡淡愁思。

现在让我们船一路漂去，

---

① 指威廉·科林斯（1721—1759），他是前浪漫主义诗人，1751年起患精神病。

② 里士满是英格兰东南部城市，在大伦敦西部，濒泰晤士河。汤姆逊曾住在这里。

③ 这"小诗"1749年写就，是悼念《四季》一诗作者汤姆逊（1700—1748）之作。该诗中有"常常停划有力的桨/以求他高洁的心灵安息"句。

为了*他*,停一停有力的桨。①
我们要祈祷:让诗的儿女
再不会经受他那种忧伤。
多肃穆安宁,唯一的声音
是静止着的桨正在滴水!——
伴随着美德最圣洁神灵,
沉沉暮色已聚合在四围。

1788 年?—1791 年?

题登山小路旁的座位

有福之人哪,你们有充沛精力,
有轻松心情,不需要什么休息。
瞧这被忽视的座位,停止你们
轻率的欢乐,体谅地想想他人:
他们因年老体衰或因患了病,
对这正好及时的座位很欢迎。
这个最后歇脚处是一条忠告,
让近旁的你们可以好好思考。
现在时光虽没有把你们吞噬,
但是你们的热血同样将冷却;
你们情绪虽高昂,动作虽利索,
同样会变得冷漠、干瘪又衰弱。

---

① 本行中的"他"字在原作中用斜体,表明作者在此引用"他"的诗中语句。

所以你们一路上要留心观察，
要对老弱伤残的行人帮一把；
使病痛者的路能少一点坎坷。
这样，你们青春中可有新欢乐，
也为你们自己的未来做铺垫，
通过岁月和人事的种种变迁，
你们能享受有德者才可体验、
唯美德才可赐予的安恬。

1794 年

"报时的钟在敲，我得去了"[①]

报时的钟在敲，我得去了。
　　死神在等我！我听见他叫唤。
我可决不抱懦夫的希望，
　　也不想回避他怕人的嘴脸。
我满怀信念而光荣就义，
　　可是呀，却撇下了我的宝贝，
让她受丧夫和孤独之苦——
　　要是能活下去，当然十分美！

我看着你，这失神的双眼

---

① 本诗原作是包括三个诗节的法语诗。作者是即将被送上断头台的人。华兹华斯的译文与原作相当接近。

到明天将再也不会睁开来——
明天，你这双美丽的眼睛
　　将沉浸在悲哀里，见不到爱。
明天，死神使这双手冰凉；
　　我珍爱的妻子呀，我将永远
不能再偎依在你的身旁——
　　唉，我离开的是快乐人间！

1796 年？

可怜的苏珊在梦想①

伍德街的拐角，晨光初露的时候，②
三年来总有只挂着的画眉高歌；
可怜的苏珊一直在经过那地方——
在清晨的寂静中听见那鸟歌唱。

这歌声真迷人；可她为什么痛苦？
她眼前浮起了山峦，出现了树木；
大团的洁白云气飘过洛斯伯里，
一条河淌过了契普赛德的谷地。

---

① 本诗最早发表于《抒情歌谣集》时，标题为《可怜的苏珊》。现在用的标题则是华兹华斯译的一首德国诗的标题，该诗作者为德国浪漫主义歌谣文学奠基人之一毕尔格（1747—1794）。

② 本诗中出现的伍德街、洛斯伯里和契普赛德均为伦敦商业区的街名。

她看见谷地中央的绿油油牧场——
她常提着桶轻快地走向那地方；
还有间鸽窝一样的孤零零小屋，
那是世界上她唯一热爱的住处。

她看着看着，心儿已飞上了天庭，
但云气河水与山冈林荫已消隐；
没有河在流动，没有山拔地而起——
五光十色的景致在眼前已消失！①

1797年？—1800年？

夜　景②

　　　　——天空满铺着
一大片密密层层的连绵浓云，
在月色中显得凝重而又惨白；

---

① 本诗从1802年起删去的最末一节如下：
　　还还是回去吧，离乡背井的可怜人！
　　你父亲为迎接你仍会打开家门；
　　你又会穿着黄褐色的土布衣裳，
　　再一次听画眉在它的树上歌唱。

② 本诗与后面《坎伯兰的老乞丐》一诗的原作均为素体诗，即每诗含5音步（多由10音节构成），行尾不押韵。

这层面纱后的月亮隐隐约约,
只是个缩得小小的黯淡圆盘;
它洒下的光真弱,连山石、草木、
塔楼都没有影子把地面装点。
可最后,一道转瞬即逝的清光
惊动了沉思的路上行人。原来,
他视而不见地眼望地面,走着
冷落的小路;这时他仰起头来,
只见密云开处,在他头的上方
露出明月和瑰丽壮观的夜天。
月亮像张白帆,在又黑又蓝的
穹隆里航行,后面是无数星星;
这些射出光芒的星在幽暗的
天海里紧追迅速驶远的月亮,
却不见消失!风在树枝间响着;
星月却寂静无声,仍旧在难以
度量的远方滚滚向前;巨大的
朵朵白云把天穹团团地围着,
使它更显得越来越深不可测——
这景象终于隐没了;可是心灵
感受到欢乐,并且被这种欢乐
渐渐化成的平静和宁谧打动,
久久地把那庄严的景色缅想。

1798 年 1 月

坎伯兰的老乞丐①

包括本诗所描绘的老人在内的这类乞丐，可能不久将会绝迹。他们是些穷苦的人，而且大多年老体弱，只能在邻近一带按一定的路线周而复始地乞讨。在某些日子里，他们从一些人家得到定期的施舍，有时是现钱，更多的则是食物。

漫步中，我曾看到一位老乞丐；
他坐在大路旁边一个不高的
石墩上；这石墩做工颇为粗糙，
位于一座大山的脚旁，为的是
便于牵着马走下陡峭而崎岖
山道的人们在此重新骑上马。
石墩顶部是宽阔平整的石板，
老乞丐把拐棍在这上面一放，
拿起被村姑乡妇施舍的面粉
染白的袋子，一一取出里面的
残糕剩饼；他慎重专注的目光
慢慢盘算似的把东西看一遍。
阳光下面，他坐在那个小石墩
第二级上，独自吃着他的食粮——
周围是渺无人烟的野岭荒山。
他风瘫的手虽尽力避免浪费，
但是却毫无办法，食物的碎屑
依然像是小阵雨洒落在地上；
一只只小小的山雀不敢过来

---

① 坎伯兰郡是华兹华斯的故乡。该郡在英格兰西北部，北接苏格兰，南邻威斯特摩兰郡，西濒爱尔兰海。著名的湖区在其西南部。

啄食注定归它们享用的吃食,
只敢来到距他半拐棍的地方。

童年时代我便见过他;他那时
已十分苍老,所以现在也并不
显得更老;他形单影只地漂泊,
看来老弱不堪,悠闲的骑马人
给他施舍也不随手扔在地上,
而是停下马来,为的是让钱币
稳稳当当地落在老汉帽子里;
人家离开他也并不随随便便——
即使催动了坐骑,还是要侧过
身子,扭头朝这上年纪的乞丐
仔细地看看。夏天里,管着路卡
收通行费的妇女在自家门前
摇着纺车时,只要看见老乞丐
在路上走来,就会停下手中活,
为他拉开门上的闩让他通过。
在树木茂密的小路上,当驿车
辚辚的轮子将要超越老乞丐,
那驾车的驿差会在后面叫他,
要是叫过后他的路线不改变,
驿差让车轮悄然地靠近路边,
让驿车在他的身旁轻轻驶过——
嘴中既不骂,心里也全无怒气。

他形单影只地漂泊;他的年纪
已没人能同他相比。他的眼睛
总是盯视着地上,一边往前走,
眼光就在地上移动;因此通常
看到的不是乡野之间的常见

景物,也不是山岭、峡谷和蓝天,
他视野只是脚前的一块地方。
一天又一天,就这样伛腰曲背,
两眼望着地,费力地跋山涉水。
虽然他并不相信自己的目力,
却依然还能看见麦秆和落叶,
甚至大车或轻便马车轮上的
钉子留在白色路面上的痕迹——
这种痕迹留在车辙上,隔一段
距离重复一下。可怜的流浪汉!
他拐棍拖在身后,脚下扬不起
夏日的尘土;模样和动作极为
悠缓,就连农家养的那些恶狗
也懒得对他吠叫,没等他走过
门前便掉头走开。男孩和女娃、
闲汉和忙人、新穿紧身裤的顽童、
小伙子和姑娘全在他身旁经过,
连缓慢的牛车也把他甩在后面。

但别以为这人没用,政治家们![1]
精明强干使你们的心思不宁,
你们手里一直准备着的扫帚,
要扫世上的讨厌虫;你们骄傲、
意足心满,但在为自己的才干、
能力和智慧自豪时,可别认为
他是世界的负担!自然法则是:
上帝创造的万物,不管多低贱,

---

[1] 这里的政治家指的是一些英国立法者,他们在1795年制定了《济贫法》。诗人反对使用法律手段将乞丐送进实际上是穷人监狱的贫民习艺所。因此,本诗在一定程度上可看作对这种做法的直接攻击。

形象多卑下、野蛮，即使最讨厌、最蠢的，都不会完全与善无缘——任何形式的存在，都会同一种善的精神和意向，同一个生命和灵魂不可分离地联在一起。所以尽可以放心，生来有仰望上苍之眼和不凡面容的人们，只要保得清白，再落魄也不会沉沦到遭受鄙视的地步；只要不冒犯上帝，就不会永遭驱逐；不会像种子已经撒落的花枝空剩下枯梗或穿破了的衣裳一钱不值。他慢慢地挨门走去，村民看见这老汉，就像看到了一份记录，记载着本来早就会遗忘的往日那些慈行和善举，而这样就使人总能宽厚为怀，因为岁月的流逝（而这还给人那种智慧和经验参半的东西）会使心灵的感觉变迟钝，而且稳步地渐渐走向自私和冷漠。在农庄和孑然独立的农舍间，在野村和稀稀落落的屯落里，不管老乞丐来到了什么地方，难背弃的惯常做法自然促成仁爱的举动；习惯起了理智的作用；但却准备下理智培育的未来欢乐。那不求自来的欢愉凭它甜美的滋味，不知不觉间就这样使得灵魂倾向于德行和真正的善。有人因为其善行

而出类拔萃，他们的心灵崇高又爱好思考，他们创造的欢乐和幸福将与时间共存，而且会传播和点燃。即便是这些心灵，在童稚时代也从这孤独的人或类似流浪者身上偶尔受到（比之于书本或牵肠挂肚的爱所能做的一切，这事远为宝贵！）同情、思索的第一次轻轻叩击，由此，他们发现了自己的同类处于一个匮乏、悲哀的世界中。安乐的人坐在门前，像绿墙上挂下、悬在他头顶上方的梨子，全在阳光中饱餐；年轻力壮的，幸运而没心思的，有栖身之处而且在同类人的圈子里过着舒心日子的，全在他身上看到无声告诫，对想到自己享有的恩惠、权利和没冻馁之忧的人，这必然打动他们的心，使他们在片刻之间掠过了一阵自我庆幸的念头；尽管他没有给谁那种必要的坚忍、谨慎，以保持其现在的福分，以节俭地利用四季中较为和缓的时令，但是他至少使这两点叫人感觉到，而这绝不是普普通通的效劳。

再进一步说，我相信有许多人过的是十分合乎道德的生活，他们是能听人讲十诫而感到无须自责的人；他们都严格地

遵从着他们所住地方的现行
道德规范；他们在出于爱心的
行动中，并不忽略他们的邻人、
他们的亲属、他们的亲生孩子。
让这种人受到称赞，睡得安宁！——
但是问问这穷人，这赤贫的人，
去吧，去问他，在避免恶行的
冷静以及无可避免的善举中，
是不是有什么东西能够使得
人们的灵魂感到满足呢？没有——
人和人相亲；最穷的穷人盼望
在消沉的生活里，有时候他能
确知并感觉到他们本人曾经
给予和分发了某种小小祝福；
能确知并感到他们本人曾经
对需要人家善意的人行过善，
为这个原因，我们都有恻隐心——
这乐趣，有个善良的人有体会：
那是我邻居，她自己虽然拮据，
每逢星期五，却务必从自己的
伙食储备中准时地慷慨取出
一大把，装进这老乞丐的袋里。
然后，她怀着一颗兴奋的心儿
从门口走回到壁炉跟前坐下，
并在天堂里营建自己的希望。
就让他去吧，给他一个祝福吧！
世上万事的潮流虽把他挤进
那大片荒野，让他在那里显得
未受责难和损害地独自一人
呼吸和生活吧；还是让他带着
上天的仁慈法则赋予他的善
四处漂泊吧，只要他一息尚存，

让他依然促使没文化的村民
去对人好心照料,去细细思考。——
就让他去吧,给他一个祝福吧!
只要他还能流浪,让他去吸取
山谷中的清新空气,让他的血
去同霜风和冬雪搏斗吧;就让
无节制的风掠过荒原,吹得他
灰白的头发拍他枯槁的脸颊。
尊重极端殷切的愿望,这愿望
给他的心以做人的最后趣味。
愿他永不被关进误称**习艺所**的
工场!因为那闷在屋里的喧闹,
那损寿促命的声响充斥空中。
让他的晚年享有自然的宁静!
让他自由地享受山间的孤寂;
让他的周围充满林中群鸟的
动人曲调,不管他能不能听见。
他已很少有欢乐:因为他双眼
过于长久地注定要盯视地面,
不经过一点努力就难以看到
初升或者西沉时脸儿紧贴着
地平线的太阳,就没法让阳光
不受阻碍地映进他倦怠眼帘。
就让他不管在何时何地,只要
他愿意,就在树荫下或者大路
旁的草坡上坐下,同鸟雀分享
他凭机遇获得的食物;而最后,
一如在大自然的照看下生活,
让他在大自然的照看下死亡!

1798年1月—3月?

写给我妹妹

三月里天刚回暖的时候,
每分钟都变得更加欢畅,
知更鸟在门前亮出歌喉——
　　在高高的落叶松上。

空气里洋溢着一种祝福,
使得绿色田野上的草叶,
使得光秃秃的山和树木
　　似乎都感到了喜悦。

我的妹妹呀!我有个愿望:
既然我们都进过了早餐,
那么就赶快出来晒太阳——
　　把早上的活搁一边。

爱德华要同你一起来:快!
换上你进林子穿的衣衫;
今天,看的书一本也别带——
　　我们就是要散一散。

决不让不能悦目的形象
占据掉我们的有生之年;
朋友啊,我们把今天早上
　　算是一年的第一天。

现在,爱正在普天下滋生,
在心灵之间悄悄地交流——

从人到大地，由大地及人——
　　这是去感受的时候。

现在，一时半刻给我们的，
会超过多年的穷思苦索；
头脑，会通过全身去吮吸
　　这季节的精魂神魄。

心灵将定出无声的法律
让我们以后长久地遵守；
我们在这一年中的心绪
　　也许凭今日起的头。
受祝福的生命力在翻腾——
它上下左右地无处不在——
我们要用它来充实性灵，
　　让性灵里充满了爱。

来吧，我的妹妹！请快来。
换上你进林子穿的衣衫；
今天，看的书一本也别带——
　　我们就是要散一散。

1798 年 3 月

布莱克大娘和哈里·吉尔

一个真实的故事

啊！什么事？什么事情啊？
年轻的哈里·吉尔什么病？
他牙齿一直在捉对儿厮打，
厮打呀厮打，厮打个不停！
要说是背心，哈里可不少——
精纺法兰绒，优质灰厚呢——
身上还裹着大毛毯一条
和能闷死九个人的外衣。

不管是三月、腊月、七月里，
对于哈里·吉尔全一个样；
邻居们实话实说告诉你，
他的牙还在上下地相撞。
不管是晚上、早晨和午间，
对于哈里·吉尔全一个样；
他牙齿的打战打个没完，
无论天上是太阳、是月亮。

哈里这牲口商年轻力壮，
谁有他那结实的胳膊腿？
红润的脸像三叶草一样，
说话的声音能抵三张嘴。
布莱克大娘又老又穷困，
吃得既糟糕，穿得又单薄；
不管谁，只要经过她家门，

看得出她那小屋子多孬。

白天她在破屋中摇纺车；
晚上还要干三小时的活——
唉，干这种活很是不值得，
真是连蜡烛钱也抵不过。
住在一座小山的北坡上，
她远离村中背风的绿地；
那里，海风叫山楂树直晃，
白花花的霜难化成水滴。

我知道两个穷苦老婆子
常凑在一起住一间小屋，
用一个炉子煮粥烧汤吃；
可她这可怜人独自居住，
夏天来的时候倒还不错，
日长天也暖，到处是阳光；
这位老妈妈在门口一坐，
开心得就像是红雀一样。

但我们的小溪给冰一锁，
那时她的老骨头会直抖！
要是你见过她，一定会说：
这日子真叫老大娘够受。
她那些夜晚真死气沉沉；
你能想象这情形多糟糕。
快去睡觉吧，不睡可太冷；
可是上床后冷得睡不着。

哦，冬天里倒也有开心事！
只要呼号的大风在夜里

刮得到处是大段的残枝，
枯朽的枝干撒落了一地。
可无论她身体是好是坏——
每一个认识她的人都说，
她拣来堆好的泥炭或柴
不够烧三天取暖的炉火。

现在寒气已叫人受不了，
已使可怜的老骨头作疼；
对大娘来说，还能有什么
比一道干枯的围篱诱人？
得承认，是有那么好几趟，
当她感到已冷到骨头里，
她便离开炉子或离开床，
走向那哈里·吉尔的围篱。

且来说哈里。他早就怀疑
布莱克大娘侵犯他财产；
他发誓要弄清她干的事，
然后就要给她点厉害看。
他时常离开暖和的炉边，
走到他占有的那片地上；
在到处都是霜雪的夜间，
他守着，要捉布莱克大娘。

一天，在一个麦垛后躲着，
哈里又这样在东探西窥。
团团月洒着清辉，地里的
残茬儿给冻得又硬又脆。
他听见声响，睡意全跑光——
又来了？他蹑脚溜下小山——

来的人正是布莱克大娘,
她正在哈里的围篱跟前!

哈里真高兴,因为他看见
大娘一根根地抽着围篱;
哈里在一丛接骨木后面,
等到她围裙兜得满满的。
她刚带着这柴火转过身,
想要沿着那小路走回去,
哈里猛地冲出来喊一声——
朝那可怜的老大娘冲去。
哈里猛抓住大娘的臂膀,
把大娘的手臂牢牢抓着,
恶狠狠抓着她手臂乱晃,
喊道:"到底把你逮住了!"
一声没吭的大娘一松手,
兜着的东西全撒落在地,
她跪在那些枯枝上祈求,
祈求那裁断一切的上帝。

她举起干皱的手祈求着——
一个臂膀给哈里仍抓着——
"上帝呀!你听到一切祈祷,
愿他呀,永不再感到暖和!"
冷冷的月在她头上高挂,
大娘她就这样跪着祈祷;
年轻的哈里听到她的话,
浑身冰凉地转过身走掉。

第二天他到处向人陈诉,
说他感到又冷又凉飕飕。

他脸色阴沉,满心的苦楚;
哎呀,那一天哈里真够受!
尽管他穿上一件厚大衣,
可丝毫也没感到暖一点,
到了星期四他又买一袭,
没到星期天他穿了三件。

全都白搭,一点用也没有;
他虽把几条毛毯裹身上,
上下颚和牙齿还是在抖,
像风口里一扇松动的窗。
哈里身上的肉掉了许多;
看到他的人都说:很明显,
不管有多少日子还能活,
他永远不会再感到温暖。

无论他是不是躺在床上,
他对老对少都没一句话;
却老是自顾自喃喃嘟囔:
"可怜的哈里·吉尔真冷啊。"
无论他是不是躺在床上,
他牙齿没日没夜地叩着。
啊,种田人,请你们全想想
布莱克大娘和哈里·吉尔。

1798年3月?—5月?

她眼神狂乱①

1

她眼神狂乱,她头发光秃——
阳光已晒得她乌发脱落;
她的眉头有一块朱砂记;
她从遥远的海外来这里。
有一个婴儿她搂在怀间,
要不,更孤单和凄凉。
在暖洋洋的干草堆下面,
在绿色林间石头上,
在那树木间她说呀唱呀,
那出言吐语全是英国话。

2

"我的乖孩子!他们说我疯,
哦不,那是我的心太高兴,
把一件件的苦事情唱唱,
我心里就会感到很舒畅。
可爱的孩子,所以不要怕!
我求你不要看到我惊慌;
你在这里,可爱的孩子呀,
安全得像在摇篮里一样。
我知道我该给你的很多,
所以我不可能使你难过。

---

① 初次发表的1798年至1805年间,本诗的标题为《疯母亲》。

3

"曾有一团火在我脑海中,
我的头颅里曾隐隐作痛,
恶魔似的脸接二连三地
缠在我胸前,把我撕扯着。
接着却有喜人的景象来,
它一来就立刻把我拯救;
我醒来,看见我的小男孩——
我的小男孩,他有血有肉;
啊,看见他呀真叫我欢喜!
因为,只有他同我在一起。

4

"吃吧,吃吧,我的小家伙!
这能消我血中脑中的火;
我感觉到你的两片嘴唇,
它们把痛苦吸出我的心。
用你的小手啊捂我胸膛,
它把我心中的郁闷化解;
我感觉到你的小小手掌,
捂着那紧得要命的死结。
我看见微风在树间吹来,
来吹得宝贝儿和我凉快。

5

"啊,要爱我爱我,小宝贝!
你是你母亲的唯一安慰,
我们沿着海边的岩崖走,

可别因下面的波浪担忧;
高崖它绝不能把我伤害,
飞溅的咆哮激流也不能;
我怀里抱着的这个婴孩
拯救了我的宝贵的灵魂;
快活地躺着吧;我,有福啦,
没有我,乖孩子怎能长大。

6

"所以别害怕,孩子,为了你,
我将会勇敢得像头狮子;
我要永远做你的带路人,
带着你走,任河宽雪又深。
我要搭个印第安式小房,
我会找最软的树叶铺垫。
如果你不愿离开我身旁,
而是要陪到我一命归天,
那你呀,我的漂亮小家伙,
将像春天的鸟一样快活。

7

"你爸爸不在乎我的胸膛,
乖乖,偎在这归你的地方;
这全归你!要是颜色变了——
我以前的皮肤多么出色——
宝贝,可现在对你还算白!
孩子呀,我的美一去不返,
可你会爱我,不同我分开,
即使我脸色黧黑也无关!

我还是这样的好，要不然，
我多么苍白会给你看见。

8

"别怕人骂，我的小命根子；
我是你爸爸的合法妻子，
在这棵伸枝展叶的树下，
将会住着诚实的我们俩。
自己的亲儿子都能抛开，
他怎么会留在我的身边。
我的宝贝儿不会受他害，
可他这可怜的人也很惨；
每天我们俩将为他祈祷，
虽然他已经远远地跑掉。

9

"我要教我儿最妙的事情，
要教他小猫头鹰的歌声。
我小宝宝的嘴唇已停住，
差不多你已经把奶吸足。
你去了哪里，我的亲儿郎？
我看见的是些什么凶相？
唉呀！唉呀！这神情多癫狂，
我呀从不会做出这模样。
要是你疯了，漂亮的乖乖，
那么，我一定会永远悲哀。

10

"朝我笑笑吧！我的小羔羊！
因为呀，我就是你的亲娘。
我对你的爱已历尽艰辛，
我四面八方把你爸找寻。
我认识荫处的有毒东西，
我知道落花生可以充饥；
所以别害怕，我的好孩子，
我们会发现爸爸在林里。
现在去林中；要笑，要高兴！
我们将永远生活在林中。"

1798年3月？—5月？

最后一头羊

1

我到过不少遥远的异国，
但这种情形见得却不多：
一个健康的成年大汉子，
独自在大路上流泪不止。
但是在英格兰的土地上，
我却在路上遇见这一位。
他沿着宽阔的大路走来，

一脸湿漉漉的眼泪；
他虽然忧伤，却十分强壮，
抱在他怀里的是只小羊。

2

他看见了我就闪向一旁，
似乎巴不得把身子隐藏；
同时他抄起上衣的边角，
想把那满脸的泪水擦掉。
我跟在他后面说道："朋友，
你为什么难过，哭成这样？"
"说来也丢脸，使我流泪的，
先生，是这只小肥羊。
今天，我把它从山上抱走——
这是我羊群中最后一头。

3

"在我年轻还没有成家时，
我常做些年轻人的蠢事；
那时候万事不在我心上，
可我呀却买了一头母羊；
我把它生下的羊儿喂养，
它们一头头都非常壮健；
后来我结了婚，富裕起来，
要多少就有多少钱；
我的羊已有二十头上下，
而每年这数字还在增加。

4

"羊的头数一年年在增长；
都出自原先那一头母羊，
我的肥羊已足有五十条；
它们在昆托克山里吃草，①
比那再俊的羊群已难找！
它们越多，我们家越富有——
可如今，我那群羊里活的
只剩这小肥羊一头；
我们的死活现在我不管，
哪怕全都在穷愁中完蛋。

5

"先生，我六个孩子得喂饱；
艰难岁月里的这份操劳！
不幸已使我顾不得面子，
就要求教区给我们救济。
可他们说我这人相当富，
放着一群羊在那山坡上；
应该用养在那里的牲畜，
去换自己家的食粮。
'去办吧，该给穷人的东西'，
他们叫喊道，'怎么能给你？'

6

"我听他们话卖了一只羊，

---

① 昆托克为英格兰西南部小山脉名，在萨默塞特郡境内，全长约13公里，最高处约400米。1796年到1798年间，柯尔律治的住所离此不远。

为我的小孩们买来食粮；
他们有吃的，身体就结实，
可对我这始终不是好事。
这种时候我心里真难过：
看到我全部收获的消亡，
看到在我的辛勤照料下
喂起来的一群肥羊，
雪花似的一点一点消融，
这样的日子真使我悲痛。

7

"再卖了一头，一头又卖啦！
先是卖小羊，然后是它妈！
这样开了头，就此没法收，
羊儿像血滴，滴出我心头，
它们一头头、一头头减少，
活着的，已在三十头以下；
说真的，我有好多好多次
巴不得一头没剩下——
只要这辛酸挣扎能过去，
不管它最后是什么结局。

8

"我真想干一点什么坏事，
我心头闪过种种坏心思；
不管我遇上的是什么人，
我都以为他知道我坏心。
我没有安宁，找不到安慰，
居家和出门都感到难过；

我疯疯癫癫、疲疲塌塌地
干着我每天的工作;
还常忍不住要逃出家门,
去野兽出没的地方藏身。

9

"先生,这些羊是我的宝贝,
同亲生的儿女一样珍贵;
因为随着羊日渐多起来,
对我的孩子我越来越爱。
唉,这真是个倒霉的时期;
我在悲苦中受上帝咒诅;
我祈祷,但每天我都觉得
我越来越不爱儿女。
看来每一个星期每一天,
我那一群羊在消融缩减。

10

"先生,看它们缩减真可叹;
从十缩成五,从五减到三——
那是一小、一母、一只阉羊;
接着又终于从三减到两;
到昨天,我原来的五十只,
只剩下唯一的一头。
它呀,现在就抱在我怀里,
唉,此外便一无所有;
今天我把它从山上抱走,
这是我羊群中最后一头。"

1798 年 3 月?—5 月?

我们是七个

这是一个单纯的小孩子,
　　她正在轻松地呼吸;
她感到周身充满了活力,
　　怎知道什么叫作死?

我碰见这住农舍的女娃:
　　她说她已经有八岁;
她长着又密又鬈的头发,
　　一绺绺在头的周围。

她带着乡野和山林气息,
　　她穿着得七零八落,
她那双眼睛可实在美丽,
　　她的美真叫我快活。

于是我向她发问:"小姑娘,
　　有几个姐妹和兄弟?"
"几个?一共是七个。"边讲
　　边看我,显得很惊奇。

"告诉我,他们都在哪里呀?"
　　"我们是七个,"她说,
"我们中两个在康韦住下,①
　　两个在海船上干活。

---

① 康韦是威尔士北部海港,在伦敦西北350公里左右。

"另两个正躺在教堂墓园,
　　那是我姐姐和弟弟;
我同妈住得离他们不远,
　　就在墓地的小屋里。"

"你说两个是住在康韦的,
　　两个在海船上干活,
可你说你们一共是七个!
　　好姑娘,这话怎说?"

"我们是七个姐妹和兄弟,"
　　小姑娘是这样回答,
"两个躺在教堂的墓地里,
　　躺在那墓地的树下。"

"你能够跑来跑去,小姑娘,
　　活力充满了你周身;
要是有两个躺在墓地上,
　　那你们只剩下五人。"

小姑娘说道:"这里看得见
　　他们俩青青的墓地——
离我家门口就十几步远,
　　两个墓并排在一起。

"我常在那儿给手帕缲边,
　　在那儿织我的袜子;
我老是去那儿坐在墓前,
　　为他们唱一支曲子。

"先生,我常等太阳下了山,

趁天空明亮又晴好，
拿着我小小的带柄浅碗，
　　去那儿把晚饭吃掉。

"是姐姐简恩先进了坟墓，
　　在床上她不住呻吟；
后来上帝不让她再受苦，
　　于是她离开了我们。

"就这样，她给埋在墓地里；
　　只要地上的草还干，
我就常带着我约翰弟弟，
　　在她墓的四周游玩。

"到地上铺满白雪的时候，
　　我可以去跑又去滑，
弟弟约翰却硬是给带走——
　　去姐姐的身旁躺下。"

我说："他们俩已进了天国，
　　那你说你们是几个？"
小姑娘的回答来得利落：
　　"先生，我们是七个。"

"可他们两个都已经死去！
　　灵魂已升进了天国！"
这些话全都是白说，因为，
这位小姑娘还是不改嘴；
　　"不，我们是七个。"她说。

1798 年 3 月？—5 月？

管猎犬的老西蒙·李

有关他的一件事

在那个好地方卡迪根郡,①
靠近舒适的艾佛尔大厦,
居住着一位小个子老人——
　　听说他从前个儿大。
他整整有三十五年时间,
　　一直快活地管猎狗;
如今他脸颊当中的颜色
　　仍红得像樱桃熟透。

他吹的猎号,谁也比不上;
那时西蒙·李把猎号吹起,
群山间就有一遍遍回响,
　　欢声就充满了谷地。
在那值得骄傲的日子里,
　　他难得会想到耕作;
他把村子里的人全唤醒,
　　去干那更欢乐的活。

他无论同谁赛跑不会输,
人和马都被他甩在后面;
好多次,猎事还没有结束,
　　眼一黑他脚步蹒跚。
然而世界上还有一些事

---

① 威尔士中部一郡名。

叫他的心感到高兴；
汪汪吠叫着的狗群一放——
　　这叫声他最最爱听。

可变化多大！力气和健康、
朋友和亲戚，都离他而去，
只有他仍然还留在世上——
　　穷得只穿着旧号衣。
他东家去世，艾佛尔大厦
　　如今已没有人住着；
人和狗和马全都死去了——
　　活着的只剩他一个。

他骨头一把，病痛不离身；
缩得歪歪斜斜的小躯体
靠两个粗肿的脚踝支撑；
　　两条腿却又干又细。
只有一个人还同他做伴，
　　做伴人是他的老妻；
他们的家离那瀑布不远，
　　那是村子里的公地。

他们长满藓苔的土屋边——
距离门口还不到二十步，
他们有一块小小的农田，
　　可是比穷人还穷苦。
强壮的时候他在荒原上
　　开垦出这么块土地，
可如今他已经无力耕作，
　　有了地也没有收益！
露丝在丈夫的身边劳动——

西蒙干不动的她来承当；
她虽没什么可引以为荣，
　　两人中还数她强壮。
你就是再有能耐，也无法
　　叫他们不要再操劳，
尽管他们俩能够干的活
　　已经是非常非常少。

他会告诉你，说他的生命
已没有几个月可以等待，
因为，要是他干活越起劲，
　　肿脚踝闹得越厉害。
我的好心读者呀，我看见
　　你耐心地等候多时，
现在恐怕都已经在指望
　　我讲出个什么故事。

读者呀，要是在你的心里
能贮藏沉思默想的赏赐，
那么不管在什么事物里
　　你都能发掘出故事。
我下面要说的十分简短，
　　请务必耐心地等待。
这不是故事；如果你想想，
　　也许能编出故事来。

夏季的一天，偶然我看见：
这老汉正在竭力刨着地，
想要把老树根挖出地面——
　　那树桩已烂在那里。
鹤嘴锄在他的手中摇晃，

他力气已全都白花；
　看来，为了要刨出那树根，
　　他可得不断不断挖。

"干这活你力气已经用尽，
　　把工具给我，好西蒙·李。"
一听我这么说，他很高兴，
　　就让我助一臂之力。
我抡动鹤嘴锄，一下便把
　　纠结牵缠的根刨起——
可怜的老汉刚才为这事
　　却白费了多少气力。
泪水突然就涌上他双眼，
从他的心里感谢和夸奖
似乎飞快地涌向他嘴边——
　　我倒没想到会这样。
我听说有的人心地不好——
　　对好心报以冷冰冰；
想到人们的感恩之心啊，
　　常让我感受到伤心。

1798 年 3 月？—5 月？

"从山后吹来一阵大旋风"

从山后吹来一阵大旋风,
声势吓人地扫过树林上,
霎时间空气已一片平静,
冰雹却打在地上啪啪响。
我坐在大树底下灌木中,
头上是光秃的橡树高耸,
周围是又高又绿的冬青——
没见过这样美妙的树荫。
积起来的枯叶一年一年
覆盖着这里宽广的地面,
而这树荫却是四季青青。
请看吧,哪里落下了冰雹,
那里的树叶就又蹦又跳。
没有一点儿风,天屏住呼吸;
但地上,在能挡雨遮阳的
那些冬青树下,不管哪里,
有着千千万万片的树叶
在蹿蹿蹦蹦,在欢跳雀跃——
似乎有什么小精灵吹起
能奏出奇妙音乐的神笛,
叫树叶带着节日的狂欢
就按着那乐曲起舞翩翩。

1798 年 3 月?

山楂树

1

"有棵山楂树,看来已很老,
真的,你会感到难以想象:
它怎么会有幼小的时候——
　　现在竟苍老成这样。
这棵山楂树直立在那里,
只不过两岁孩子的高度;
它没有叶子,没扎人的刺,
但疙疙瘩瘩却满身都是——
　　那样子孤独又凄苦。
它直挺挺地站立在那里,
像是块石头长满了地衣。

2

"既像是山岩,也像是石块,
连顶端也都被地衣盖满,
还生着斑驳的厚厚藓苔,
　　它那种样子可真惨。
这些青苔打地面向上爬,
把这可怜的山楂树包牢;
牢得会使你说这些藓苔,
说它们的用心清楚明白——
　　那就是要把它拖倒;
它们为这目的使尽力量,
永把这可怜山楂树埋葬。

3

"在那大山的最高山脊上,
冬天里常刮着狂暴的风;
这风穿过云,扫过山谷间,
　　像刀子一样地扎人;
在山路左边不足五码处,
你会看到这可怜山楂树;
左面再过去三码的地方,
是个小水塘:它尽是泥浆,
　　却从来也不曾干枯——
尽管面积小,在干燥空气
和灼热阳光下毫无遮蔽。

4

"就在这老山楂树的旁边,
却有着赏心悦目的景致——
这覆着藓苔的美丽土墩
　　高度只不过是半尺。
你能够看到那色彩缤纷,
凡是你见过的色彩都有;
那里的藓苔看来像是网,
似乎是一位漂亮的姑娘
　　才有织这种网的手;
小杯似的花儿朵朵殷红,
它们呀,真受眼睛的爱宠。

5

"哎呀,那五颜六色多好看——

绿得像橄榄，红得有气派，
样子像穗儿、枝丫和星星，
　　有绿有红有珍珠白！
这一堆土上覆满了青苔——
你看，紧靠在这山楂树旁，
点缀着美妙鲜艳的色彩，
看大小，坟里像埋着婴孩——
　　说它埋婴孩实在像，
但是世界上不管是哪里，
婴儿坟没有它一半美丽。

6

"如果你要看这老山楂树、
水塘和美丽的青苔土墩，
就得挑拣去山里的时间，
　　就得自己多留点神。
因为，婴儿坟大小的土墩
和我刚说过的水塘之间，
常有位妇女坐在那地方；
她身上穿着猩红的大氅，
　　自言自语地在呼喊：
'我呀真是苦！我呀真是苦！
唉呀，我真惨！我呀真是苦！'

7

"不管是白天，不管是黑夜，
这不幸的女人总去那里；
对她呀，每一颗星都认识，
　　任哪一种风都熟悉；

她坐在那山楂树的边上——
不管天空是湛蓝的一片，
或者山头上刮起了旋风，
或者冻住的空气冰样冷——
　　她自言自语地呼喊：
'我呀真是苦！我呀真是苦！
唉呀，我真惨！我呀真是苦！'"

8

"那么，为什么白天和黑夜，
要这样冒着雨雪和风暴，
这位可怜的妇女要这样
　　往凄凉的山顶上跑？
为什么她坐在山楂树旁——
不管天空是湛蓝的一片，
或者山头上刮起了旋风，
或者冻住的空气冰样冷——
　　她又为什么要呼喊？
告诉我，为什么一遍一遍
她要重复那哀痛的呼喊？"

9

"但愿我能告诉你，可不行；
因为真正原因谁说得上！
但如果你真想仔细看看
　　这苦女人去的地方——
那像是婴儿坟墓的土墩，
　　那池塘和苍老的山楂树——

得去她难得关的门前看,
倘她在自己的小屋里面,
　你赶快上那个去处!
我从来没听说,有谁敢于
在她待在那里的时候去。"

10

"但是,这满心悲苦的妇女
究竟为什么去那山顶上——
既不管天上挂什么星星,
　也不管风势怎么样?"
"时间整整过去了二十年,
当时的玛莎·瑞伊是少女,①
她凭着少女的真挚情意,
让斯蒂芬·希尔陪伴自己,
　她真是快乐又欢愉,
因为她所爱恋的这个人
她那些亲戚朋友都赞成。

11

"在互订终身的那个早晨,
他们定下了结婚的日期;
但是斯蒂芬对别的姑娘
　也起誓要娶她为妻。
而且,没有头脑的斯蒂芬

---

① 这首诗很可能写于1798年3月19日至5月16日之间。玛莎·瑞伊是3月19日陪伴诗人徒步远足的巴兹尔·蒙塔古的母亲之名。她是桑德威契伯爵的情妇,后在公开场合被遭其拒绝的追求者枪杀。诗人想必知道她是蒙塔古的母亲。

就是同那姑娘去了教堂——
可怜的玛莎！那一天真苦，
惊愕和绝望凝成的痛楚
　　无情地扎在她心上；
一团火在她的胸中燃起，
任凭怎么烧也都不会熄。

12

"人们说，以后足足六个月——
当夏天的绿叶还没变黄——
大家常常看见她去山顶，
　　常看见她在那地方。
能在那里找什么、藏什么？
她的情形人人都看得清；
她怀着孩子，她已发了疯；
但因为她那极度的苦痛，
　　她常是悲哀又清醒。
那有罪孽的父亲啊，但愿
死亡把他的背叛给赦免！

13

"这种脑子和躁动的孩子，
怎能合得上？这可真糟糕！
真糟糕，对于这疯了的人，
　　这情形你想象得到！
去年圣诞夜，我们谈起她；
住山谷里的威尔弗雷德——
这白发老人曾经这样讲：
是胎儿对慈母心的影响

使她的神志恢复了。
等到她产期临近的时候,
她神志清楚,神态也宽柔。

14

"但愿我知道得还要多些——
能把这事情跟你说清楚;
但是那可怜孩子的下落,
　没有人能够说得出;
还不止这样,谁也说不上
究竟她有没有生过小孩;
而生下的孩子是死是活——
要说这个话更没有把握;
　可有人还记得明白:
大概也就是在这段时候,
玛莎·瑞伊常爬上那山头。

15

"那一年整个冬天的夜里,
当寒风从山峰吹来之时,
虽在黑暗中,你也值得去
　把教堂墓园走一次。
因为,从那座山的山头上,
常传来各种呼喊的声音:
有的很显然是发自活人,
有的,很多人却起誓保证,
　说那是死人的声音。
我不信(不管人家说什么)
这些喊声同玛莎有牵涉。

16

"可这点我愿意宣誓做证：
她到那老山楂树跟前去——
就那棵我给你细说过的——
　穿着红大氅坐那里。
因为，一天我带着望远镜——
那时我初次来到这地方，
玛莎的名字还不曾听见——
为了把广袤的海洋看看，
　就爬到了那座山上。
可来了风暴，在我的眼前
比我膝头高的东西全不见。

17

"那一片迷蒙中，雨暴风狂——
没有屏障、栏栅在那周围；
而那种风呀！真的，那种风
　足足比平时强十倍。
我四下张望，似乎看见了
一块突岩；我头朝着前方，
顶着倾泻而下的雨奔去，
想奔到那岩石边去躲避；
　但就像我是人一样——
我发觉那不是一块岩石，
而是个坐在地上的女子。

18

"我没有说话，因为我看见

她的脸！看见脸已经足够；
我转过身子，听见她号哭，
　'我真是苦啊真是苦！'
她坐在那里，直等到月亮
把晴朗的夜空走掉一半，
直等到吹来阵阵的微风
使池塘里的水不住抖动，
　这时她浑身打着战，
发出大家都熟悉的号哭，
'我呀真是苦！我呀真是苦！'"

19

"可是那棵山楂树、那池塘、
那个盖满藓苔的土墩呢？
还有那吹皱池水的微风——
　都同她有什么关系？"
"我可说不上，可是有人说，
她在那树上吊死了孩子；
有人说，再过去些的池塘
是她淹死那婴儿的地方；
　但一点大家都同意：
那土墩里面葬着那婴孩——
而那土墩外是美丽藓苔。

20

"听说，藓苔上的点点殷红
是可怜孩子的血迹斑斑；
可这样就把新生儿杀掉，
　我看她不会这么干！

有人说，如果去那池塘边，
眼睛凝视着池塘的水面，
眼前会出现孩子的影子，
会出现孩子的脸和孩子，
　而且他还会朝你看；
不管你什么时候望着他，
会看到他用眼对你回答。

21

"有的人曾经发出誓言说：
应该审判她，送她进官府。
他们差一点就动锹用铲
　寻找那婴儿的尸骨。
可是那覆着藓苔的土墩
顿时在他们的眼前抖动，
在周围整整五十码里面，
连草也都在地面上打战！
　但他们还口口声声
说是土墩里埋着那婴孩——
而那土墩外是美丽藓苔。

22

"我可说不上怎么会这样，
但清楚的是：厚厚的藓苔
牢牢地围在那山楂树上，
　要把它拖得倒下来；
我还知道：有许多许多次——
在白天，或在寂静的夜间，
那时的星星清晰又明亮，

她就在那高高的山顶上——
　　我听见过她的哭喊,
'我呀真是苦!我呀真是苦!
唉呀,我真惨!我呀真是苦!'"

1798年3月?—5月?

写于早春的诗行

我听见千百种音调在交响——
那是我倚在树丛里的时候;
我心情愉快,但快乐的思想
　　把哀思送上我心头。

大自然使我躯体中的灵魂
同大自然美好的作品结合;
我呀,想起了那问题就心疼:
　　人把人变成了什么?

穿过樱草丛,在绿荫之下,
长春花缀出一个个花环;
我深深地相信:每一朵鲜花
　　对吸的空气都喜欢。

鸟雀在我周围跳跃又嬉戏,
它们的想法我没法猜测——

但它们的动作哪怕再微细,
　　像带着极大的欢乐。

四下伸展的带嫩芽的枝梢
扇子般地招引轻柔的风儿;
任我怎么样,我不由得想道:
　　那中间也有着欢乐。

如果这信念是上天的旨意,
是大自然所做的神圣预设,
我难道没理由为这点叹息:
　　人把人变成了什么?

1798年3月?—5月?

写给父亲们看的逸事

别用强暴手段吧;因为如果你逼我,我就会撒谎。[①]

我身边有个五岁的孩子,[②]
他的脸好看又朝气蓬勃,
全身长得又匀称又漂亮;

[①] 这是希腊作者笔下的句子,由一位罗马作家译成了拉丁文。

[②] 这孩子是巴兹尔·蒙塔古(见《山楂树》注)的儿子,曾由华兹华斯兄妹照料两三年。

他还亲热地爱着我。

一天早晨,在干燥的路上,
我们像平日散步时一样,
边走边断断续续谈着话——
　　我们的家清晰在望。

愉快的往事涌上我心头:
基尔夫令人高兴的海岸①
和春来时我们快活的家——
　　在遥远的一年以前。

那一天,我的心情非常好,
小小不称心倒也受得住;
我有那么多的欢乐给人,
　　哪里会感觉到痛苦。

林间空地上,小羊在蹦跳,
蹄声在绿色世界里回响——
它们从阳光里蹦入树荫,
　　又很快跳回进阳光。

鸟雀在我的周围啼唱,
任何的愁思有迷人地方;
我想道:基尔夫得天很厚,
　　利斯温农庄也一样。②

孩子在我的身旁轻快走——

---

① 基尔夫是布里斯托尔海峡处的村子,离奥尔福克斯敦约1英里。
② 利斯温农庄得名于葳河(Wye)的一处风光秀丽的地方。

穿农家衣裳的身姿娇小！
在谈话之中，我问长问短，
　　完全是随便的闲聊。

我挽住了他的胳膊说道：
"你说说，这儿利斯温农庄，
那边基尔夫平坦的海岸，
　　你喜欢在哪个地方？"

他漫不经心地对我看着——
那时我仍旧挽着他臂膀——
说道："同利斯温农庄相比，
　　我爱基尔夫那地方。"

"好，小爱德华，这是为什么？
你呀，告诉我，是什么道理？"——
"我可说不上，我可不明白。"——
　　我说："这倒很稀奇。"

"这里有山也有林，又温暖；
一定有什么道理，才使你
只要绿海边上的基尔夫——
　　宁可把利斯温放弃。"

听我这么说，孩子低下头，
虽羞红了脸，没回答问题；
于是，对孩子我说了三遍：
　　"爱德华，你说个道理。"

他抬起头来：看到个东西——

从那里他能清楚地看到,
我们屋顶上烁烁闪闪的
　　是镀过的大风向标。

于是这孩子就开口回答,
解除他心头感到的压力:
"基尔夫那里可没有风标;
　　这就是我的道理。"

"啊,我最亲爱的孩子呀!
我教人家的,要是能够有
从你处学来的百分之一,
　　我别无更高的要求。"

1798 年 3 月?—5 月?

安德鲁·琼斯

我恨安德鲁·琼斯,他将使
他孩子们变得利己损人。
但愿来个抓壮丁的队伍,
咚咚咚、咚咚咚敲着小鼓,
从村里抓走这个人。

我说这个话,倒不是因为
　　他整天就爱喝酒和咒骂;

是他的丑行叫我很不满；
他看到孤苦伶仃流浪汉
　　又是个残疾，就欺负人家。

这无助的人艰难地走着；
　　有骑马人走过，见他可怜，
就扔了两个小钱在地上，
但没人在近旁，没人帮忙，
　　而这残疾人不能弯腰捡。

因为已干旱了很长时间
　　地上的尘土厚一寸有余，
所以这个残疾人用拐棍
在尘土中拨弄了好一阵，
　　才把钱拨到了一起。

正巧安德鲁打那里经过，
　　这时候，正午的灼热阳光
正直射而下，安德鲁发现
残疾人站在路边，还看见
　　有小钱在他的脚旁。

安德鲁俯身把钱拿起来；
　　见那残疾人凑近他身边，
就说："半克朗不到的东西①
如果谁捡到就归他自己；
　　好吧朋友，我对你说再见。"

所以我说，安德鲁的孩子

---

① 按当时币制，半克朗等于2先令6便士。

都将被训练成利己损人；
但愿来个抓壮丁的队伍，
咚咚咚、咚咚咚敲着小鼓，
　从村里抓走这个人。

1798 年？—1800 年

"我爱在风狂雨骤的夜晚"

我爱在风狂雨骤的夜晚
　听那一阵阵轻幽的歌唱——
喧嚣的风中夹着这歌声
掠过开阔的平原和树林，
　在云和雨之间回响。

再有，我爱一个人伫立着，
　让巨岩或树木把我遮蔽，
就站在那里盲人般谛听
那些小曲子微弱的尾声——
　它专为人耳朵响起。

但是，更加美妙的是这样：
　在天青月白风静的时候，
让山岩、树林加上小小的
一片牧场绿草地，合成个
　上有天、下有地的图。

065

不过，还要美妙的是这样：
　　在你能听见羽毛飘落时，
倾听那悠长微弱的音乐——
轻轻的短歌一曲又一曲，
　　就这样延续半小时。

可是你会说，怎会有这事？
　　告诉你，我明白这个道理；
在海洋迸溅浪沫的上空、
林木稀处和幽暗洞穴中，
　　千百个精灵在来去。

我多少多少回听见他们，
　　这件事你会说难以相信——
在绿油油的开阔田野上，
在光溜溜的黄沙海滩上，
　　他们的舞步多轻盈。

我这样的人可没法说出
　　他们的外形、肤色和身材，
不过他们又稀淡又瘦削——
他们比空气还稀淡好些，
　　比夏天的飞虫欢快。

在湖的岸边或在树丛旁，
　　我也曾经时不时地看见
一大群美丽的小小精灵，
全像月光下的空气晶莹，
　　像闪烁的白霜耀眼。

我常在林中空地或树下

看见月光下的幽幽倩影——
有的在这里,仙姿极娇小;
有的在那里,同人一般高——
　　全转着圈儿在舞动。

1798年4月?—1800年6月?

劝和答①

"威廉,为什么在那古老的
灰岩上这样地孑然独坐?
就这样一坐便是好半天——
　　让冥想把时间消磨?

"你的书在哪里?没这种光,
人们的处境便黑暗无望!
起来吧!把这前人为自己
　　同类酿的酒喝个畅。

"你环顾你这位大地母亲,
就好像她生你毫无意义;
就好像你是她的第一胎,

---

　　① 这首诗和《转守为攻》《两个四月之晨》《泉水》等8首诗通常列为一组,称为《马修组诗》。诗中的马修曾被认为是豪克斯海德中学的校长威廉·泰勒,但其实他是个合成的形象。

没有别的人早于你！"

那一天早上不知为什么，
好朋友马修说了这些话——
那天埃斯威特湖畔真美——
　　对他，我这样回答：

"我既有眼睛就不能不看，
我们也不能叫耳朵休息；
任身在何处总会有感觉——
　　管我们愿意不愿意。

"我同样相信：有一些力量
能使我们的心灵受感染；
我们能让自己的心充实——
　　只明智地听其自然。

"万物永远在不停地招呼，
你以为在这许多景物里
竟没有一件会自己找来，
　　要我们自己去寻觅？

"那就别问我为的是什么，
在这老灰岩上孑然独坐，
同天地万物亲密地交流，
　　让冥想把时间消磨。"

1798 年 5 月？

转守为攻①

一天傍晚,同一个话题

起来吧,朋友,丢开书本;
 　你不然准曲背伛腰。
起来吧,朋友,不要愁闷——
 　何必找辛苦和烦恼。

太阳已落到那边山头上,
 　鲜艳而柔和的光彩
在这漫漫的绿色田野上
 　把黄昏的金辉铺开。

读书可是件没完的苦事;
 　来听听林中的红雀——
它的歌唱得有多甜!确实,
 　歌中有更多的智慧。

你听,画眉的歌声多么欢!
 　它也出色地讲道理。
你来把事物的本质看看,
 　让这大自然教教你。

大自然有无数现成宝贝

---

① 本诗实际上是上一首诗的继续。上一首诗中,"马修"向作者强调书本的重要,作者做了回答。本诗中,作者进一步说明大自然的教诲作用,甚至要对方"丢开书本"。

给我们的心和理智——
健康里自然会散发智慧，
　　欢愉中会洋溢真实。

春天的树林给人的冲动
　　能帮你把善良、邪恶，
把怎么做人的问题弄懂——
　　比圣贤讲得还透彻。

大自然给的知识多美好；
　　而理智却横生枝节，
把事物的漂亮形象弄糟——
　　我们宰了美再剖解。

科学、艺术的书你讲够啦；
　　把空洞的书本合拢；
来，来用心地仔细看看吧，
　　把看到的收在心中。

1798 年 7 月

诗行：记重游葳河沿岸之行

写于离丁登寺数英里的上游

一七九八年七月十三日①

五年过去了；五度炎夏还加上②
五个漫长的冬天！我又再一次
听见这水声；这水从山泉流来，
在这远离海的内地潺潺作响。③
又一次我看着这些危崖陡壁；
它们使这里幽僻荒凉的景物
更显得与世隔绝，还把地上的
风光同沉静的苍天连在一起。
这一天已经到来，我又能休憩
在这黑苍苍的槭树底下，眺望
这些村舍院落和森森的果园。
这季节，果树和没成熟的果实
披着一色绿装，同小林和树丛

---

① 我的诗中，可数写这一首的情况回忆起来最为愉快。我同妹妹渡过葳河（流经威尔士和英格兰西部——译者），一离开丁登寺便开始构思，经过四五天徒步旅行，到达布里斯托尔时正好结束。在来到那里之前，我对这些诗句未做任何改动，也未做任何记录。随后，这首诗几乎马上就归进《抒情歌谣集》，成为其中最后一篇作品。——作者原注

② "五年过去了"：华兹华斯曾在1793年8月独自漫游位于蒙默士郡的葳河河谷和丁登寺遗迹。当时诗人23岁，那次漫游留在他"心灵上的图景"（第61行）与这次看到的不同。这使诗人深思。他回顾自己的过去，评价现在，并通过他妹妹对将来做了展望。最后又描绘他专程来重访的风景。

③ "远离海的内地"：由丁登寺溯流而上几英里，那里的河水不受潮汐影响。——作者原注

混成一片。又一次我看见这些
树篱,可又不像是树篱,简直是
排排欢闹的小树在撒野;门前
只见葱绿牧草的农家和寂静
树林中冉冉升起的团团青烟!
看来这隐约地表明:林子里面
虽没有房屋,却住着漂泊的人,
要不,某个住在山洞里的隐士
正坐在火边。
　　　　　这些美丽的景象
在我的长久别离中,对我来说,
并不像盲人眼前的风景那样。
而在城镇和都市的喧闹声里,
在我困乏地独处屋中的时候,
这些景致会给我甜美的感觉,
会使我血脉和顺又心头舒畅;
它们进入我心灵深处,使那些
沉睡着的往日欢乐感情开始
渐渐地苏醒;在善良的人身上,
这感情对于他最美好的岁月——
对于他那些充满温情和仁爱,
但是却被忘怀的无名小事件
也许有着不小的影响。我深信,
这些感情也许曾给我另一种
更崇高的礼物,那是心灵之福——
不可思议的事物产生的压力,
这整个不可知晓世界的沉重
而倦人的荷载,在这种心情里
轻巧起来。那平静有福的心情
使爱能温柔地引导我们前进——
直到这身躯的气息,甚而至于

直到我们血液的流动已几乎
停歇,这时我们的肉体给安排
入睡,我们却变成鲜活的灵魂:
那时,谐和融洽所具有的力量、
欢乐具有的神威使我们目光
沉静,看清事物的生命。
　　　　　　　如果说,
这只是错误的信念,那么你想——
在黑夜和在各种没有欢乐的
白天,当毫无收获的焦躁不安
和这人世间的一切亢奋狂热
压在我这颗怦怦跳动的心上——
我在精神上多少次求助于你!
穿过树林蜿蜒流去的葳河啊,
我的灵魂曾多少次求助于你!

现在,我回想的火花半明半灭,
似曾相识的印象也隐隐约约,
还带着一点闷闷不乐的迷惘,
心灵上的图景再次苏醒过来;
我站在这里,体会现时的快乐,
也高兴地想到这个时刻还将
给未来岁月增添生气和精神
食粮。而我也敢于抱这种希望,
尽管,同我初游这山区时相比,
我无疑变了样;那时我像獐子,
听任自己让自然带领,在山上、
在大河边上或在僻静溪流旁
蹦蹦跳跳:哪里还是一个人在
追求他心爱的事物,倒像是在
逃避他害怕的东西。因为那时,

童年时代我不优雅的乐趣和飞禽走兽似的动作都已消失,自然也就是我的一切。我无法描摹那时的我。轰响的大瀑布像是激情,常常震荡着我的心:高崖、大山和苍苍的幽深树林,那种种色彩形象,当时能激起我欲望;这是一种感情、一种爱,无须靠思维提供间接的魅力,无须不是由双眼得来的情趣——那样的时候已过去,连同一切令人痛惜的欢乐、令人眩晕的狂喜都一去不返。我并不为此丧气、悲伤或埋怨;因为其他的礼物接踵而来;我相信这损失会有充分的补偿。因为我已经学会观察自然;不再像粗心的年轻时那样,而是经常倾听着无声而忧郁的人性之歌。这歌柔美又动听,却有着巨大力量,使心灵变得纯洁平静。我觉得,有某种东西打动我,使我感到思想升华的欢乐;这是种庄严感觉,感到落日的余晖、广袤的海洋、新鲜的空气、蓝天和人类心灵这样一些事物中有什么已经远为深刻地融合在一起;这是种动力和精神,激励一切有思想的事物以及思想对象,并运行于一切事物之中。所以,我仍爱草场、森林和山岭;仍爱

这绿野上所看到的一切；仍爱
这个眼前和耳旁的大千世界，
无论那是它们的半创造还是
它们的直觉；我很高兴，在自然
和感官的语言中认出系住我
纯净思想的锚，认出我心灵的
保姆、向导和护卫，还有我整个
精神世界的核心。
            即使我没有
受到这样的教益，我的创作力
或许也不会发生退化的情形。
因为你同我一起在这美丽的
河岸上；你是我最亲密的朋友，①
最最亲爱的亲人；在你话音中，
我辨出自己从前的心思，从你
喜不自胜而闪闪发光的眼中，
我看到自己从前的欢乐。让我
再看你一会儿，追寻当年的我吧！
我的亲爱妹妹！我知道大自然
从来没叫这颗爱她的心失望，②
所以就这样祈求：请给以殊宠，
让她在我们今后生活中引导
我们从欢乐走向欢乐。因为她
会告诉我们的内心，会用宁静
和美打动，会用高尚思想灌输，
使一切恶毒的话、轻率的判断、
自私者们的讥嘲、虚伪的祝贺
以及和沉闷生活的日常接触
都不能对我们发生影响，不能

---

① 指诗人的妹妹多萝西。
② 行中的"她"指"大自然"。

来干扰我们满怀喜悦的信仰：
相信我们看到的都饱含祝福。
就让月亮照着踽踽独行的你，
就让挟着薄雾的山风自在地
把你吹拂；而在往后的岁月中，
当这些狂欢大喜渐渐地成熟，
变为一种冷静的愉悦，你的心
变为容纳了一切美景佳境的
大厦，你的回忆中充满了所有
甜美而和谐的声响；啊，那时候，
如果孤独或恐惧、痛苦或悲伤
找上了你，那你会想起我，想起
我这些肺腑之言，就会使你的
思绪里充满解忧消愁的欢乐！
那时即使我已经离去，已无法
再听见你的声音，已不能在你
闪烁着喜悦光芒的眼中看到
这往时具有的光辉，也许你也 ①
不会忘记：我们曾站在这喜人
小河的岸上；而我这个大自然
崇拜者，精神抖擞地来到这里
朝拜；或者说，我来这里时怀着
更热烈的爱——啊，是更圣洁的爱
激发的更大热忱。而你也不会
忘记：经过多年别离和在他处
漫游，这些高崖、陡坡上的树林、
绿色牧野的风光，因它们自己
和你的缘故已变得更加亲切！

1798 年 7 月

---

① 这经历指五年前的一次葳河之行。

从前有个男孩

从前有个男孩,威南德的悬崖
以及岛屿呀,你们十分了解他!
曾有多少黄昏,当第一批星星
刚刚在重峦叠嶂的背后升起,
或者往那里降落,他会独个儿
站在树下或波光粼粼的湖旁;
在那里,他常让十个指头交叉,
把两个手掌紧紧相贴的双手
举到嘴边,然后就像螺号似的
吹出模仿猫头鹰呼叫的声音,
想引它们打破沉默,应声作答——
它们倒也常常应和他的呼唤,
在水光潋滟的谷里一叫再叫——
那一叠连声的颤音、尖叫长呼
和震荡不已的响亮回声汇成
快活的轰响!寂静终究压倒了
他的绝招:到得声停音歇之时,
他常在一片寂静中久久谛听;
这时,山中急流的喁喁声会在
他内心深处激起一阵微微的
惊诧和小小震动;而那眼前的
景物也会悄悄地进入他心田——
连同其种种庄严的意象,连同
那山岩、树林以及平静湖心中
怀着的那个变幻不定的苍天。

男孩的小小伙伴们失去了他;

还没满十二岁,他便已经去世。
见他出生并哺育了他的山谷①
美丽至极;埋他的墓园高高地
处在俯视乡村小学的山坡上;②
在一些夏日的傍晚,当我走进
那墓园,我相信自己总有足足
半个钟点的时间默默地站着——
凝视他躺在其中的那个坟墓!

1798年10月?—12月?

"一阵昏沉蒙住了我心灵"③

一阵昏沉蒙住了我心灵;
  我没有人间的恐惧:
看来,对世上的年月相侵,
  她已经不会有感觉。

现在她没有运动,没有力;④

---

① 指位于温德米尔湖(威南德湖)之东的埃斯威特山谷。

② 指位于埃斯威特湖北端的豪克斯海德文法学校。

③ 这首诗通常与其他四首诗一起被称为《露西组诗》,这五首诗的次序,一般为《我有过阵阵莫名的悲痛》《她住在人迹罕到的路边》《我曾在海外的异乡漫游》《她沐了三年阵雨和阳光》以及本诗。通常认为诗人心目中的露西是她妹妹多萝西。

④ "运动""力"是牛顿(1642—1727)力学中的用语。

听不到,而且看不见;①
只是同树木和岩石一起,
　　每天随地球在回旋。

1798 年 10 月?— 1799 年 1 月?

"她住在人迹罕到的路边"

她住在人迹罕到的路边,
　　住在野鸽泉的近旁;②
这姑娘生前没有谁夸赞,
　　很少人曾把她爱上。

一朵半遮半掩的紫罗兰,
　　开在长青苔的石旁!
美好得像颗星孤孤单单,
　　在天上闪闪地放光。

活着时谁知道她在人间,
　　更有谁知道她夭亡;
但露西已在坟墓里长眠!
　　对我呀世界变了样!

1798 年 10 月?— 12 月?

---

① 诗人在这里指的是露西的肉体。华兹华斯认为,人的灵魂是不死的。
② "野鸽泉"大概在德比郡。

"我有过阵阵莫名的悲痛"

我有过阵阵莫名的悲痛。
　　什么事落到我身上？
这事我能说出来给人听，
　　但只在恋人耳边讲。

那时候我情人娇媚鲜艳，
　　像六月的玫瑰一样；
我每天总去她小屋那边——
　　凭着夜晚时的月光。

过那片开阔草地的时候，
　　我一直把月亮盯看；
马加快脚步，可爱的小路
　　接着已来到我眼前。

现在我们已来到果园旁；
　　当我们登着那山坡，
露西小屋上的西沉月亮
　　却在一点点地降落。

我陶醉在我的美梦之中——
　　那是大自然的恩赐！
而在这同时，我一双眼睛
　　把下落的月亮凝视。

我的马一蹄一蹄往前走，
　　全没有片刻的停息；

突然，往那小小的屋顶后，
　　明亮的月儿落下去。

怪念头会溜进恋人脑海——
　　多不可思议多荒诞！
"哦，天哪！"我失声叫起来，
　　"露西死了可怎么办！"

　　1798年10月？—12月？

采坚果

　　　　　　——这日子似乎
（我说的这天是从许多中挑的）
是那种永难消亡的美好日子；
那时，我怀着儿童的急切愿望
跨出了小屋的门槛，就此出发；
我肩上挂着一个巨大的袋子，
手提采果子的钩棒，迈开脚步，
走向遥远的林子。那模样真怪：
听了那节俭太太的劝，我身穿①
她用特地收藏着的破旧衣裳
制成的改头换面的神气装束——
这斑驳衣着的威力可对荆棘

---

① 这位太太名叫安·泰森，华兹华斯在豪克斯海德上学时就住在她家。

和矮树林一笑置之——真的，它比
实际需要的还破烂！踏着没有
道路的山岩，我穿过丛丛蕨草
和乱树棵子，一个劲儿往前走，
来到人迹不到的幽雅好去处；
没有带枯叶的断枝挂在那里
显示粗野的蹂躏；可那些榛树
高而直，悬着簇簇诱人的榛子；
没人见过的景色！我站了一会儿，
急促呼吸着，只觉得心在膨胀，
像满腔欢乐；既然无须怕对手，
我就聪明地抑制着感情，注视
这感官的盛宴；我也坐在树下
花丛里，同一朵朵花玩耍嬉戏；
厌倦于久久等待的人若有幸
突然地获得超过一切想象的
幸福时，他们也会有这种心情。
也许在这绿叶蓁蓁的树荫下，
能活五个季度的紫罗兰会再
开花和谢去，但不为人眼所见；
这地方，拦着溪水的神奇岩石
不住咕哝；我看见闪烁的水花——
待在多荫的树下，周围的石头
长满羊毛般绿苔，像是散开的
羊群，我把脸贴在一块石头上——
在那种喜悦爱来凑趣的安恬
心情中，我听见窃窃私语似的
低低声音；我的心实在是快乐，
这时沉湎于毫不相干的事物，
把温情耗费在树桩、石头以及
虚无缥缈的空气上。我站起来，

把树枝拉向地面，随着断裂声
和无情糟蹋，罩在榛树荫里的
幽僻处所和满是苔藓的树丛
给丑化、玷污了，忍让地放弃了
它们安静的特性。除非我现在
把我今和昔的感觉混在一起，
那么，当初从被害的树转过身，
为了自己富赛国王而高兴时，
一见那默默的树和闯进来的
天空，我就有一种痛苦的感觉——
所以亲爱的姑娘，怀着温柔的
心在这树荫下走，用温柔的手
轻抚吧——因为林中有个精灵。

1798年10月？—12月？

丹麦王子[①]

（断片）

1[②]

荒原上两条姐妹小溪间，

[①] 这些诗节原想用作序曲，引出一首歌谣来叙述一位丹麦王子的故事。他逃离战场后在一间小屋中藏身，却由于身上的值钱东西而遭屋主杀害。这屋子于是受到诅咒而倒塌。人们认为，这位年轻王子的精魂就此在发生这罪行的村子里出没。——作者原注

[②] 本诗格律与《山楂树》相似。

有一处看来神奇的地方,
那里的小山花繁茂鲜艳,
　那里的天也不一样。
平坦空旷的小小山谷里,
有棵树已遭暴风雨作践,
有块墙角石已被雷电劈——
这是独家村的唯一遗迹!
　在这山谷里你看见
有东西不怕暴雨和狂风,
那是个丹麦男孩的幽灵。

2

百灵鸟正在云朵里歌唱,
它不会降落在这里歇脚;
在这没人烟的荒僻地方,
　它从来没有筑过巢。
没有鸟兽在这里会安家;
微风吹送的一只只蜜蜂
高飞过那些芬芳的花朵
去找别的花,采来的收获
　也在往别的山谷送;
只有那男孩在这里漫游,
可爱的山谷全归他所有。

3

他是个中午出现的精魂;
他形体似乎有血也有肉;
他不会做吹笛的牧羊人,
　也不会在林中放牛。

他穿着皇家的毛皮衣裳，
那颜色像是乌鸦的翅膀，
遇上了狂风暴雨和重露，
倒像春天里抽芽的松树——
　蓝幽幽地皮滑毛光；
连他的头盔也春意盎然，
像他红润的脸一样鲜艳。

4

竖琴总挂在他的肩膀上；
他现在取下在膝上放好，
用早已湮没的语言歌唱，
　伴奏的是琴的曲调。
附近小山上有一些羊群，
他是它们的亲人和欢乐；
连野马也会莫名其妙地
常常把它们的耳朵竖起，
　听丹麦男孩唱的歌——
这时他独自在山谷里唱——
就在那树和墙角石边上。

5

他坐在那里；你看他面孔
没有一点点凶恶的神色，
哪怕是万里无云的晴空，
　没这样美好又平和。
在他鲜花遍地的山坳里，
快乐幸福啊这可爱孩子。
他虽然用颤音唱着战歌，

但听来柔和得像是情歌——
　　因为他远离血腥事,
因为他神志优雅而安宁,
像去世的孩子那样平静。

1798年10月？—1799年2月？

露　丝

亲妈妈撇下了露丝而去,
爸爸又另找了一个伴侣;
　　这时她七岁还不到,
既没有人管就自行其是,
她自由自在又无忧无虑,
　　山上山下地大胆跑。

用麦秆她做了一个笛哨,
这笛哨能吹出种种曲调——
　　像山溪或像风低语;
她在绿茵上搭了间小棚,
就好像自从她刚一出生,
　　便是那山林的闺女。

她在父亲的家里,就好像
独自生活,要想一个人想,
　　欢喜的也只是自己;

她自得其乐，不哭也不笑；
漫长的日子这样消磨掉，
　　就到了成人的时期。

从佐治亚来了青年一位，①
在他的头上戴着顶头盔，
　　盔上的毛羽真漂亮；
他这毛羽得自于切洛基，②
只要有微风，毛羽就摇曳，
　　头盔呀更显得倜傥。

你把他当作是印第安人，
不对，他说的是一口英文，
　　还有个军人的名字；
那时候，美国已非常安全，
已完全没有战争的危险，③
　　他漂洋过海回这里。

他脸上智慧的神采飞逸，
他说话的声音美妙无比；
　　月亮和灿烂的太阳，
还有些潺潺淌着的溪流，
在他还没有成年的时候
　　叫他打心眼里欢畅。

他是个可爱的青年，我想，
荒野里的黑豹尽管漂亮，

---

① 这里指美国东南部濒临大西洋的佐治亚州。
② 北美印第安人的一个部族名。
③ 因为美国的独立战争已于1781年结束。

也没有他那么好看；
如果他想要游玩和嬉戏，
那热带的海豚虽然顽皮，
　　也绝没有他那么欢。

曾同印第安人一起打仗；
他许多故事能叫人舒畅，
　　能叫人心惊又胆战；
树荫之下，这样的小伙子
给任何姑娘讲这种故事，
　　这事情可有点危险。

他讲到嘻嘻哈哈的姑娘——
她们一面跳着舞一面唱，
　　走出了印第安乡镇，
整天在野外采集着草莓；
待她们齐声唱着歌返回，
　　这时的太阳已西沉。

他讲到花朵变色的草木——
时刻能变化出色彩无数；
　　那草木从蓓蕾新萌
到色褪香残，到枯萎凋零——
从晨曦初照到晚露将凝，
　　可真是植物的奇景。

他提起伸枝展叶的木兰——
像一朵云彩在头上高悬！
　　还有柏树的尖树梢；
他提起花儿火红的一片——
盖着成百上千里的地面，

把山坡染得像火烧。

他谈到没树的青青草原，
谈到许多湖泊宽阔无边，
　　一簇簇的仙岛奇境
星罗棋布地点缀在湖面——
晚霞间露出的一抹苍天
　　也不过这样的宁静。

他接着说："这有多么幸福——
在那里做个猎人或渔夫；
　　树荫里或者阳光下
无忧无虑地漫游和漂泊；
烧起一堆做饭取暖的火，
　　林间的空地便是家。"

"怎样的峥嵘岁月呀，"他说，
"有了你才有真正的生活——
　　那日子才恬静舒畅；
而同时我们始终没忘记：
自己在充满不幸的人世，
　　在这样一个地球上。"

他绵绵的情意，有时织成
父亲对子女的挚爱深情：
　　"那时候我的这颗心
就会有许多微妙的联系——
我们的孩子在你我眼里，
　　将会比太阳还要亲。

"好露丝！愿你同我一起去，

去做我林中生活的伴侣，
　　到晚上搭一个住处；
或者，我自己选的新娘哦！
做个陪我狩猎的女猎手，
　　一起追飞奔着的鹿。

"亲爱的露丝！"——他不再说了。
半夜里露丝还没有睡着，
　　她淌着泪觉得孤独；
又想了一遍，她表示同意，
愿跟他漂洋过海去异地，
　　去追赶飞奔着的鹿。

"现在得按照合适的礼仪——
我们两个人得去教堂里，
　　立下夫妻间的誓言。"
他们就这么办了：我说是——
对可爱的露丝，人生在世
　　最快活得数这一天。

她沉浸在梦样的想象中，
总高兴地想到莽莽树林、
　　寂寂水面和绿草原，
想到她将用上丈夫的姓，
处处以合法妻子的身份
　　愉快地和丈夫共餐。

可是，我前面已经告诉你：
这青年冒失又放荡不羁，
　　羽饰在头盔上晃荡
更使他漂亮；他曾经漂泊——

随着迁徙的印第安部落——
　　在西部荒凉大地上。

他得天既厚，他得地也厚，
冲动的热血在周身奔流；
　　对这样的一位青年，
无论是风是呼啸的雷暴，
或者是赤道上空的纷扰，
　　全都会引他去冒险。

他呀，在这种风云变幻里
看到或听到的任何怪异，
　　都在他脑海中激起
类似的情感，这情感看来
同他的才能又结合起来，
　　使他的心思变合理。

大自然的种种美妙形象，
也同样助长了声色之想：
　　艳丽的花朵和绿树，
吹得人感到慵倦的微风，
还有温情的星星把温情
　　送进受宠爱的草木。

然而在他最坏的追求里，
我想有时候也包含动机
　　高尚的纯洁的希望；
因为，形象如此美好庄严，
与之相关联的激情，必然
　　是崇高的情操思想。

但经历坎坷又饱览罪恶，
他看到那些无法无天者
　　对美好生活的无知；
他审慎小心又相当清醒，
承受着那些狂汉的恶行——
　　对他们他如法炮制。

他的道德观和他的才能
这样就受到损害，他变成
　　卑下的情欲的奴隶；
已没有了自制能力的人，
会追求那种堕落的灵魂
　　所期求的无谓东西。

然而他怀着真心的欢快
日日夜夜地向姑娘求爱，
　　又朝朝暮暮地爱她；
姑娘的心灵既接近自然，
又显得如此亲切而孤单——
　　小伙子怎能不爱她？

有时，他也会很认真地说：
"露丝呀！我曾比死还难过；
　　我怀着信心和自豪，
渡过了大西洋去了那里，
鲁莽而自负的谬误思绪
　　却团团地把我围绕。

"辉煌世界闪现在我面前，
鲜明得像彩旗突然之间
　　在乐声伴奏中展开；

我看着那些山丘和平原，
似乎自己已挣脱了锁链，
　　生活变得自由自在。

"好露丝，现在更是不必讲，
你使我幸福地得到解放，
　　点起我崇高的热情；
我的灵魂已摆脱了黑暗，
像晨光重照东方的天边——
　　像这时苍穹的情景。"

那种好心情很快便消逝，
一切的希望已全部丧失——
　　这已引不起他兴趣；
新目标提供了新的欢乐，
他希望重过荒唐的生活，
　　再一次回老路上去。

在他这样过日子的同时，
他们准备去远航，在收拾
　　行装后便去了海边；
但是，当他们来到那地方，
他却丢下他可怜的新娘，
　　从此再也没露过面。
愿上帝能够帮助你，露丝！
半年的痛苦使她发了痴，
　　于是就遭到了监禁；
在那里，唱着词句狂乱的
悲哀之歌，她叫人吃惊地
　　把受屈的苦酒痛饮。

但在她比较清醒的时候,
她也不需要五月的胜游、
  雨滴、露珠和阳光;
这些都在关她的房间里,
还有发铃声的欢乐清溪——
  在卵石间流淌作响。

露丝就这样躺了九个月,
她受的苦这时候得缓解——
  她逃出了那个牢房;
可是谁也不为她把心操;
哪里好,她就去哪里寻找
  食物和栖身的地方。

她又呼吸着田野的气息,
在她脑子里,滚滚的思绪
  像流水持续又自在;
接着她来到托恩河沿岸,①
歇息之后,在绿树的下面,
  她独个儿住了下来。

她痛苦的根,她悲伤的源,
那垒垒山石,那处处水潭,
  那阵阵吹拂绿叶的
微微春风,她仍那么喜爱,
没因为自己受到过伤害
  就对它们加以指责。

---

① 托恩河在萨默塞特郡,距下面几节中提到的昆托克丘陵不远。这丘陵地带风光极美,大部分为茂密的灌木林覆盖。——作者原注

冬夜里，她在谷仓中休憩；
但在天地间的炎热暑气
　　和夏日时光消逝前——
在这故事中大家都同意——
她只有一个地方可栖息，
　　就是在绿树的下面。

生活虽清白，却太不正规！
这将使露丝过早地衰退，
　　将使她过早地苍老。
潮湿的空气、雨水和寒冷，
一定会使她周身都酸疼——
　　但心灵受的苦较少。

要是她缺食少粮饿得慌，
她就走出她所住的地方，
　　从林中来到大路边；
她在坡度大的所在行乞——
来往的骑马人到了那里，
　　马儿的步子得放慢。
她那个麦秆哨子已沉寂——
或已被丢弃；但是她的笛
　　在她的孤独中歌唱；
昆托克的樵夫暮归之时，
那毒草茎笛子吹的曲子
　　常会飘荡在耳朵旁。

我也曾看见她在那山间，
在喷泉和急涌的涧水边
　　修建她小小的磨坊；
这种小磨坊，她曾经制作，

那时她还没哀哀哭泣过——
　　还是快活的小姑娘！

再见啦！在你的寿终之时，
苦命的露丝呀！你的遗体
　　将埋进神圣的地方；
人们将为你敲打起丧钟，
教堂里做着礼拜的会众
　　将为你把圣诗歌唱。

1798年10月？—1799年2月？

两个四月之晨

我们走着路，又亮又红的
　　朝日正缓缓在升起；
马修一下站停，看了看说：
　　"愿一切如上帝之意！"

他是村子里的学校校长，
　　满头是闪闪的白发；
春天假日里，人们多欢畅——
　　这个，你只要看看他。

那一天早上，我们踏着草——
　　沿着冒汽的小溪边；

我们欢快地一路上走着，
　　去山里消磨一整天。

"我们的事有了个好开端，
　　日色又这样的美丽，"
我说，"什么事埋在你心间，
　　竟使你深深地叹息？"

马修又一次停住了脚步，
　　他眼睛一眨也不眨——
凝视着东面的一个山头，
　　对问题做如下回答：

"那带着长长缺口的紫云，
　　使我又想起那一天——
它很像今天，那印象犹新，
　　但距今已有三十年。

"那边种有麦子的山坡上，
　　天就是那一派颜色；
像今天这样的四月晨光，
　　同那天的如出一辙。

"我带着钓竿、钓丝去追求
　　美好季节中的消遣，
但是在教堂我突然停步——
　　停在我女儿的墓边。

"她虽是整个山谷的骄傲，
　　寒暑却只过了九趟；
说到她唱歌，那时的她呀，

同夜莺完全一个样。

"艾玛躺在深深的墓里面；
　　我对她的爱,看来
要胜过我在那一天以前
　　所体验过的任何爱。

"我刚刚离开女儿的墓旁,
　　就在墓园的紫杉下,
遇见位容光焕发的姑娘——
　　朝露已湿了她头发。
"头顶上她放着一个篮子；
　　她额头又白又光洁——
能看见这样标致的孩子,
　　真叫人满心的喜悦!

"山洞里流出的泉水潺潺,
　　难比她轻灵的双脚；
我看,她快活得像朵浪花——
　　在海上欢乐地舞蹈。

"我发出一声痛苦的长叹——
　　我确实已难以控制；
我对她看了又看,但不愿
　　她变作是我的闺女!"①

马修早已经睡进了墓里,
　　可似乎还在我眼前；
手中握着野苹果的树枝,

---

① 因为对"马修"来说,对女儿的回忆更为珍贵。

还那样站在我面前。

1798 年 10 月？—1799 年 2 月？

泉　水

一次交谈

我们俩推心置腹谈着话，
　　话实在又很有感情；
我们是一对朋友，虽然他
　　七十二而我还年轻。

我们躺在伞似的橡树下，
　　生苔的石凳在一旁；
草地上冒出的一股清泉
　　在脚边汩汩地作响。

"我们来唱支边区的谣曲，①
　　配配这动听的水流，"
我说，"或者是来一段轮唱——
　　别辜负这夏日中午。

"要不，在树荫下把你去年

---

① 这里的边区指英格兰与苏格兰的接壤地带，该地带距湖区不远。

四月里写的歌唱唱——
讲的是教堂的钟和编钟——
　　它词妙而节奏热狂!"

马修不出声地就地躺着,
　　看泉水在流过树下;
这白发苍苍的快活人儿,
　　他这样亲切地回答:

"这细流不怕阻挠和停滞,
　　高高兴兴地向前淌!
就这样淙淙潺潺地流着,
　　一千年之后还一样。

"这日子真使人心旷神怡,
　　在这里不由得要想:
当初我身强力壮的时候,
　　就常躺在这泉水旁。

"如今,幼时泪迷了我眼睛,
　　惆怅也袭上我的心;
因为我耳中听到的,还是
　　我从前听到的声音。

"我虽然衰老,它却还依旧;
　　更叫明智者难过的,
并不是岁月取走的一切,
　　而是它留下的东西。①

---

① 指青壮年时期养成的习惯。

"画眉在枝繁叶茂的林间，
　　云雀在山岭的上方；
它们想鸣的时候就啼啭，
　　要静的时候就不唱。

"它们对于大自然的态度
　　是不做无谓的争斗；
它们年轻时快活而幸福，
　　年老时美好又自由。

"可我们却有着严刑峻法；
　　而即使已不再欢畅，
就凭我们那往时的欢洽，
　　脸上还常是喜洋洋。

"如果，有人需要为他埋在
　　土里的亲属而伤心，
为他家中的亲人而悲痛——
　　他就是个快活的人。

"朋友，我日子已经快过完，
　　对这一生，人们点头；
虽然也有许多人爱着我——
　　爱得够深的却没有。"

"谁发这样的怨言，可真是
　　把自己和把我冤枉！
我生活在这欢乐的平原，
　　把我懒散的歌哼唱；

"马修啊，你孩子都已去世；

我就算你的儿子吧！"
听了这话，他握住我的手，
　　说道："这不是办法。"

我们从泉水边站起身来；
　　沿青青的羊肠小径，
走下那微微倾斜的坡地，
　　又穿过一大片树林；

我们还没走到辽纳德岩，
　　他已唱起那诙谐曲，
唱的是古怪的教堂大钟，
　　唱那套编钟着了迷。

　　1798 年 10 月？—1799 年 2 月？

露西·葛雷

——孤独

我以前常听说露西·葛雷；
　　在我走过那荒原时，
偶尔也在黎明的曙光里
　　见过那孤独的孩子。

露西从没有伙伴和朋友，

她住在广阔旷野上；
人世间最最招人怜爱的，
　就数这样的小姑娘！

你还能看到小鹿在嬉戏，
　兔子在绿草上奔跑；
但露西·葛雷的甜美脸庞
　谁也不可能再见到。

"今天晚上有一场暴风雪，
　你得去镇上走一趟；
带上个灯笼，孩子，雪地里
　好给你妈妈照个亮。"

"爸爸，这事儿我乐意去做：
　现在离傍晚还很远——
教堂的钟声刚敲过两下，
　月亮呀还远在天边！"

话刚玩，爸爸已挥起镰刀，
　劈断捆着柴的绳子；
他使劲地干起活来，露西
　把灯笼拿在了手里。

山中的鹿儿也没她快活：
　她顽皮地又蹿又踢，
踢得那些粉一样的积雪
　像阵烟雾似的飞起。
暴风雪来得可真是太早：
　露西她迷失了方向；
一个个山头走上又走下，

却始终没走到镇上。

不幸的双亲跑了一晚上,
　　到处去找呀又去喊;
可是没一点踪迹和声响
　　给他们任何的指点。

拂晓时,他们来到小山上,
　　细细看下面的荒原;
打那里,他们看见座木桥——
　　离他们的家并不远。

他们边往家走去边哭道:
　　"在天国我们将见面。"
就这时,妈妈在那雪地里
　　把露西的足迹发现。

他们走下那陡峭的山坡,
　　跟着那小小的脚印;
穿过山楂树篱上的缺口,
　　沿着长长的石墙根;

接着又越过一片开阔地:
　　那雪上的足迹依然;
他们跟着那不断的脚印,
　　来到了木桥的跟前。
他们随着一个个的脚印,
　　从白雪皑皑的岸边
走到桥面的中间;再过去,

便一个脚印也不见!

但是有人说,露西这孩子
　　至今还活在世界上;
他们说至今还能看见她——
　　在那凄凉的荒原上;

在崎岖或在平坦的地方,
　　她头也不回奔跑着;
她那孤零零的凄清歌声
　　仍然在风中呼叫着。

1798年10月?—1799年2月?

爱伦·欧文

——在克特尔河陡岸上①

那漂亮的少女爱伦·欧文
　　坐在克特尔陡岸上;
头上戴着桃金娘的花冠,
　　像可爱的希腊姑娘;
年轻的布鲁斯倚在旁边——
在那里他们消磨着时间——

---

① 克特尔河在苏格兰南部。

在抽芽的山毛榉下，
　正说着温柔的情话。

在许多骑士、许多乡绅里，
　亚当·布鲁斯被选上；
可戈登却遭到爱伦拒绝，
　尽管得数他最漂亮。
对这贵公子真是坏消息！
因为这样说也许有道理：
　布鲁斯的爱若真诚，
　戈登爱得也同样深。

他们俩在那可人的河边，
　在鲜花、苔藓上倚躺——
戈登的绝望、烦恼、体态
　和脸庞怎会在心上？
唉呀，他又何苦来到人间！
戈登蹲伏在山楂树后面，
　见他们在亲昵爱抚，
　看他们在相互祝福。

戈登脑子里的几个闪念，
　气得骄傲的他发狂；
他冲上前，朝布鲁斯的心
　掷出要他命的投枪！
美丽的爱伦见投枪飞来，
一跃而起以自己的胸怀
　挡住那支枪的去路，
　把选中的爱人保护。

美丽的爱伦就这样倒下，

倒在布鲁斯的胸怀，
这使她情人的那颗心脏
　　把致命的投枪避开。
布鲁斯刚刚把戈登格杀，
便漂洋过海去了西班牙；
　　凭永不平息的怒气
　　打摩尔人的新月旗。

可过了许多许多的日子
　　和许多许多的岁月，
不幸的骑士白白地追求
　　他渴望的战死山野。
于是他使出了最后手段——
这时他的心已碎成片片——
　　倒向了爱伦的坟墓，
　　就这样使哀痛结束。

你们哪，你们在乐意地听，
　　听我讲这一段掌故，
还能去扣康内尔墓园看，
　　看美貌爱伦的坟墓；
布鲁斯就埋葬在她身旁，
看在他头上墓碑的份上，
　　愿没粗暴的手毁损
　　这碑和凄惨的碑文。

　　1798年10月？—1799年2月？

"她沐了三年阵雨和阳光"

她沐了三年阵雨和阳光。
这时大自然说道:"世界上
　没比她更可爱的花;
我要把这孩子收到身旁,
让她来做我尊贵的姑娘——
　只有我才该拥有她。

"对我这亲人,我就是法律
和激励:这姑娘同我一起,
　就会在山地和平野、
林中和屋里、地下和天上
感到那超乎一切的力量
　在鼓动或是在制约。

"她要像幼鹿那样的欢闹,
那样在山上或草上奔跑——
　快乐得如痴又如狂;
散发在空中的芬芳馥郁,
没知觉的万物宁静无语——
　这一切全归她安享。

"浮云把自己的形态给她,
杨柳为了她把腰肢弯下;
　哪怕在暴风骤雨里,
她双眼也不会把美漏掉——
无声的感应以这美塑造
　这青春少女的形体。

"午夜的星星她最最喜欢；
在许多偏僻隐蔽的地点，
　　她侧着耳朵会倾听——
听条条蜿蜒淌去的小溪，
那水花轻溅声中的美丽
　　在她的脸上会聚凝。

"那生机勃勃的欢乐感情
使她的身姿能玉立亭亭，
　　使处女的胸膛丰满；
只要我同露西住在一起，
住在这个快活的山谷里，
　　我就要给她这意念。"

大自然说着，事情已完成——
露西这么快就走完全程！
　　她死后给我留下的
是这宁静的景色和荒原，
是对那永远也不会重现、
　　已成为往事的回忆。

1799 年 2 月

致M.H.[①]

我们深深地走进那古老林子:
那里没有路,没有樵夫的小道,
只有浓密的树荫——使长在枝下
柔嫩绿草地上的蓬蒿和树苗
难以乱生猛长。这样就自然有
一条路径,引着我们来到一块
林中草地和一汪小小的池塘。
成群的飞禽走兽能在坚实的
水塘四周饮水,就像在水井边
或在牧人为它们解渴而做的
石槽中饮水一样;阳光和风儿
无论从哪儿来到这里,都像是
对这僻静去处、对这林中水塘
和对这一片葱绿草地的祝福。
大自然为自己设下这个地方:
来往者不知道它的存在,以后
它也不会为他们所知。但它美;
要是有人把小屋建筑在附近,
他将睡在这里树木的庇荫下,
让这里的水掺进每天的饭菜。
他会热爱这地方;到弥留之时,
这里的景象仍会留在他脑际。
所以,我亲爱的玛丽,我们以**你**
命名这长满山毛榉的幽静**去处**!

1799年12月

[①] M.H.指两年后与诗人结婚的玛丽·赫钦森。

鹿跳泉

鹿跳泉是一处小小的泉水，距约克郡的里士满约 5 英里，位于里士满通往艾斯克利格的路边。这泉名得自一次颇不寻常的狩猎。为纪念这次狩猎，那里立有本诗第二部中谈及的石柱。这些纪念物至今犹存，一如我在诗中所描绘的。

第一部

爵士从温斯莱荒野骑马追赶，①
行动之慢像一朵夏天的云彩，
现在，他来到一个家臣的门前，
高喊道："给我另牵一匹马来！"

"另牵一匹马来！"——家臣听到喊，
便给最好的灰骏马装上鞍子；
瓦尔特爵士翻身上马，那一天
颇不寻常，这是他骑的第三匹。

马撒开四蹄，眼中欢快地闪着亮；
马和骑马人真是相配的一对；
但是，尽管瓦尔特像猎鹰飞翔，
一片寂静的空中却带着伤悲。

早上，一批人离开爵士的大厅，
奔腾的马蹄激得回声像呼啸；
但马和侍从一个个没了踪影；

---

① 温斯莱荒野在约克郡，位于下文提到的斯威尔河和尤尔河之间。

我想，这样的你追我赶难见到。

爵士烦躁得像是团团转的风，
他唤剩下在身边的疲乏猎狗——
勃兰区、嗖威、妙瑟是犬中精英——
跟着他筋疲力尽地爬向山头。

爵士又骂又打气，要狗儿向前——
带着恳求的姿势、责备的怒容；
但狗已喘不过气，眼已看不见，
——累垮在山上的蕨草丛中。
哪里是原先喧嚣的大队人马？
哪里是原先吹得多欢的号角？
现在只有公鹿和瓦尔特剩下——
这样的狩猎世界上难以看到。

可怜的鹿费劲地跑在山坡上；
我不想说它逃了多远的距离，
也不愿指出是什么使它死亡；
反正爵士已看见鹿倒毙在地。

于是他下了马，倚在山楂树上，
身边没有狗，没有侍从和小厮；
他没抽响鞭，没把他号角吹响，
只高兴地盯着猎物默默凝视。

瓦尔特爵士倚着的山楂树旁，
是他光荣业绩中的无言伙伴；
弱得像是刚刚出生的小羔羊，
身上白白的是冻雨一样的汗。

鹿摊着四条腿侧身横倒在地，
一个鼻孔碰着山脚旁的清泉，
它最后那沉重哼唧呼出的气，
仍使清泉的水面微微地抖颤。

现在，爵士高兴得顾不上休息，
（从没人如此幸运碰上这情况！）
他东西南北四下里走了一气，
把这惹他爱的地方望了又望。

瓦尔特爵士爬上山（这是一段
至少也有十来丈的陡峭坡地），
他发现，那鹿在绿茸茸的地面
留下三处它蹄子蹬出的印迹。

瓦尔特爵士擦擦脸，大声说话，
"从古至今，没有谁见过这景象：
纵身三跳，使公鹿从高高山崖
降到它正挨着的这股泉水旁。

"我要在这里造个作乐的所在——
带个享受乡野乐趣的小凉亭：
让过路的人能歇、朝圣者能待，
让怕羞的姑娘在此说爱谈情。

"我要找个心灵手巧的艺术家，
为这小山谷的泉水设计水池！
今后，如果有谁说话中提到它，
那么，**鹿跳泉**便是这泉的名字。

"为让你美名流传，勇敢的公鹿！

这里将把纪念性的东西竖立：
三大根相隔颇远的粗糙石柱
在你蹄子啃掉草的地方竖起。

"而且，在昼长夜短的炎炎夏日，
我将带上我的情人到这里来；
在舞女的舞和吟游者的歌里，
我们在这逍遥地方尽情开怀。

"今后，这地方哪怕是地动山摇，
我造的华厦、凉亭将依然矗立；
让耕种斯威尔土地的人欢笑，①
让住在尤尔森林里的人欢喜！"②

接着他回家，把死透的鹿留下——
它气息全无的鼻孔凑在水上。
不久，爵士兑现了他所说的话；
使这处泉水的名声四处传扬。

月亮还没第三次驶进她港口，
一只大石杯已接住这股清泉；
爵士立起三根粗糙的石柱后，
在山谷里造了大厦作乐寻欢。

在泉水的附近，又把攀缘植物
同高大的花和树互缠在一起，

---

① 斯威尔河（Swale）在英格兰东北部，发源于威斯特摩兰郡和约克郡交界处，流经古城里士满后，在约克市西北约22公里处与尤尔河汇合，全长约96公里。
② 尤尔河（Ure）在英格兰东北部约克郡，发源于威斯特摩兰郡和约克郡交界处，流向东南，全长约80公里。与斯威尔河汇流后称为乌兹河（Ouse）。

很快就成了小小的花木之屋,
以枝枝叶叶把阳光和风遮蔽。

在那昼长夜短的炎炎夏日里,
爵士把他惊异的情人带过来;
在舞女的舞和吟游者的歌里,
在这逍遥的地方尽情地开怀。

瓦尔特爵士到时也终有一死,
他的遗体葬进了祖传的山谷——
有些事情能用来另写一首诗,
我呀,要为这一首添一段叙述。

第二部

我要写的不是动人的意外事;
我没本领叫人家吓得血冰凉,
爱好的是独自在夏日树荫里
为思索的心把朴素的歌弹唱。

在我从豪斯去里士满的时候,①
偶尔看到山谷中的四方场地;
它三个角上各有白杨树一棵,
其中之一离泉水不过十来尺。

这意味着什么,叫我很难猜想,

---

① 豪斯湖(Hawes Water)在英格兰西北部,属威斯特摩兰郡并在湖区之内,海拔200多米,面积约10平方公里。里士满(Richmond)为英格兰东北部城市,位于约克郡北区,距伦敦约400公里,濒斯威尔河。这里有建于11世纪的里士满城堡遗迹,是旅游胜地。

于是我勒勒缰绳使马儿站住；
这就看到了三根柱排成一行——
幽黑山顶上是最后一根石柱。

灰溜溜的树全没树枝和树冠；
方土墩半荒芜，覆着茶色的草；
"古时候，人的手曾在这里营建。"
你也许会同我一样这么说道。

远远近近的山丘我看了一遍——
我从没见过比这凄凉的地方；
就像春天从不在这地方露面，
就像这里的自然界自愿衰亡。

我正沉浸在各种各样的思绪
和幻想里，有个羊倌装束的人
走进这山谷。于是我向他走去，
"究竟这是什么地方？"我发问。

羊倌停下了脚步，把我在这首
诗中做了复述的故事说一遍：
"古代是快活地方，可受了诅咒，
现在总是有什么把这里扰乱。

"看这些白杨树干死沉沉样子——
有人说这是山毛榉或是榆树——
从前可是凉亭，而大厦在这里，
一百座宫殿里最好的是这处。

"凉亭的本身说明了它的情况；
你看这石头、泉水还有这小溪；

可说到那座大厦,它早被遗忘!
不如花半天把忘却的梦寻觅。

"再也没有狗和羊或者马和牛
肯在那只石杯中湿自己嘴唇;
而且,往往在万物熟睡的时候,
这泉水发出凄凄切切的呻吟。

"有人说这里发生过一次凶杀,
而血要血来偿还。可是依我看——
当我久久坐在阳光下,我想啊,
这都是为那不幸的公鹿鸣冤。

"不知是什么念头闪过他头脑!
从那处陡峭山崖顶上的岩石
不过跳三跳;看这最后的一跳——
主啊!这可真是件不要命的事。

"他拼命奔逃,跑了十三个小时;
我头脑简单,我想我们说不上
公鹿喜欢这地方算什么道理,
为什么死也要挑选这泉水旁。

"也许它曾在这草地上躺下来,
夏日的泉声催得它沉沉入睡;
也许它曾从母亲的身边走开,
逛到这里后初尝到水的滋味。

"四月里,这开花的山楂树下面,
他听着鸟雀把晨歌欢快啼唱;
谁也难说,也许他出生的地点

距离这泉水只不过二三十丈。
"现在这里没草,没可人的树荫;
阳光下没比这更阴森的谷地;
我常说,以后将一直这个情形,
直到树木、石柱和泉水都消失。"

"头发灰白的羊倌哪,说得真好;
你的想法同我的没多大两样:
也受大自然关注的公鹿死了,
天地同情它,都为它的死悲伤。

"待在小树丛碧绿树叶之中的,
也待在空中云彩之间的上帝,
对他喜爱的,并不惹是生非的
生灵都给予关怀和深深敬意。

"作乐所在的前后已化作尘土——
不是通常的荒芜,通常的凄凉;
但到一定时候,大自然将再度
把她的美和兴旺带到这地方。

"她留下这些,让它们慢慢衰败,
用以显示我们的现在和过去;
可只要风和日暖的时光一来,
这些纪念物将会被草木掩蔽。

"大自然显示、隐去的事物之中,
羊倌哪,有个教益让我俩分享;
别以哪怕最卑贱生灵的苦痛
换取我们的扬扬得意和欢畅。"

1800 年

两个懒散的牧童

——地牢峡瀑布

牧 歌

欢乐的声音响遍了山谷；
在山峦之间，回声唱起
一支永远也唱不完的歌，
　高兴地把五月迎接。
喜鹊在愉快地叽叽喳喳；
母山鸦孵出的一窝小鸟，
已经同妈妈和窝儿告别，
有的飞到东，有的飞到西。
　自己把吃食去寻找；
要不就在白灿灿的云气里
恣意嬉戏地窜过来冲过去。

在山岩下的一处草地上，
两个少年正坐着晒太阳：
如果有活儿，要不已干完，
　便准是全不在心上。
他们的嘴奏着枫木笛子，
吹奏着圣诞欢歌的片断；
又用这山谷里我们叫作
鹿角草或狗尾草的植物，
　把各自的破帽装点：
快活得像那美好的五月天——
两个牧童就这样消磨时间。

沿着山石外露的小河岸,
矶鹞把欢快的曲子高唱;
林子里的画眉不肯停歇,
　把歌儿唱得多响亮。
千百只出生不久的小羊
都在山坡上! 地面和天上
一片喜洋洋; 就这还不算,
还有头戴绿花冠的少年;
　他俩全听不见叫嚷——
那哀哀的叫声! 从地牢峡
底部传到了山坡和山崖。

沃尔特从地上一跃而起说:
"我们比赛跑,赌一个哨子——
跑到那边老紫杉的树桩。"
　两个人就飞奔而去;
他们俩又跳又跑,一跑到
正好对着地牢峡的所在。
沃尔特眼看自己就要输,
忙叫小伙伴詹姆斯"停步!"
　对方不快地停下来:
沃尔特喜滋滋地说:"这里,
有件事足够你半年学习。

"要是你有种,跟我去对面——
看着我下脚的地方下脚。"
对方听完后接受了挑战——
　一步步就凭他引导。
如果有朝一日去朗德尔,
这地方也许你还会看见:
一块巨石掉落在山罅里,

像座桥连起了两堵峭壁——
　　那下面就是个深渊；
一个黑魆魆小小水洼中，
把高处注下的瀑布收容。

激对方跟他一起走的人，
提着牧杖正走在那桥上：
他目不斜视，一步一步地
　　已走完那一半石梁。
听！他听见了可怜的哀叫——
又是一声！他心跳快停止，
脉息凝住了，呼吸已中断；
他面如死灰，他脚步蹒跚；
　　就这时他朝下望去，
只见幽深怕人的峡谷里，
有一只小羊羔落水不起。

这小羊先前滑下了小溪，
小瀑布带着它顺流而下，
让它安全地到达那深渊——
　　丝毫也没有伤着它。
它妈妈看见它掉进水里，
又看见急流把它冲下去；
凭着做母亲的慈爱心肠，
站在高高山岩上的母羊
　　发出了一声声悲啼——
在水中游来转去的羊羔
应着它母亲的悲苦呼号。

那孩子明白了怎么回事，
弄清了什么在悲啼；我看，

这孩子已经恢复了勇气,
　　把事情告诉了伙伴。
两人挺愿意让冒险延期;
可这时倒无须他们出力——
有一位爱圣贤写的书本
远远不如爱溪流的诗人,
　　正巧漫游到了那里;
他发现那只伶仃的小羊
给困在巨岩大石的中央。

他从波浪起伏的水潭里
　　救起了小羊,带它进阳光;
两个牧童把他和羊迎接——
　　真是幅意外的景象!
他们把小羊接进了怀中——
山涧饶了它皮肉和性命;
他们爬陡坡来到了山上,
把小羊放在它母亲身旁;
　　对两个懒散的牧童,
诗人给了点温和的批评:
对干活可得多操一点心。

　　1800 年?

瀑布和野蔷薇

1

"滚开,你这浑小鬼放肆!"
　　怒冲冲的声音在喊,
"竟胆敢把你愚蠢的身子
　　拦在我和前程之间!"
小瀑布因降雪刚刚涨水,
这样威吓可怜的野蔷薇。
她全身溅满瀑布的水沫,
上上下下地在闪让跳动,
像是生活在不幸的家中——
　　孩子们也许经历过。

2

"难道你竟然敢把我阻拦?
　　滚,小东西,要不就
马上掀翻你扎根的山岩,
　　叫你们摔个大跟头。"
汹涌的水流蛮横而暴戾,
把好耐心的她久久冲击。
她一声叹息呻吟都不发,
只希望这危难十分短暂;
最后看到冲击有增无减,
　　她这才壮着胆回答。

3

野蔷薇说:"啊,别把我责怪;
　　你斗我争的又何必?
我们曾在这偏僻的所在
　　愉快地生活在一起!
你把我岩石做的床轻拍,
夏季里,你让怎样的欢快
送遍我全身,一天又一天,
你使我绿叶青翠滴水珠;
对于你给我的这种关注,
　　我给的报答不一般。

4

"春天带来了花苞花蕾时,
　　是我在这些山石间
挂出了花环来把你通知:
　　温和的日子已不远!
而在酷热难当的夏日里,
用花花叶叶我把你遮蔽;
现在我叶子虽飘零已尽,
但以前却有红雀来做窠,
为我们俩唱起美妙的歌——
　　你那时没什么声音。

5

"现在你心中充满了骄气,
　　也看到我多么痛苦;
要是你想想:我们在一起,

啊，能够有多幸福！
虽然我已没有叶没有花，
却有添色彩的东西留下——
我有许多鲜红的蔷薇果，
我会做棵快活的野蔷薇，
谦恭地用自己把你点缀，
　　把许多个冬天度过！"

6

她还讲些什么我说不出；
瀑布涌下嶙峋的小山谷，
　　湍急的水流声音大；
我听着，没听到别的声音；
野蔷薇颤抖着，我真担心：
　　这是她最后讲的话。

1800 年？

歌：为漂泊的犹太人而作

任泉水汇成的激流咆哮，
　　涌下了多少的悬崖，
但它在山里就能够找到
　　幽静的地方去歇下。

在风暴没有平息的时候，
　　云朵虽爱在空中跑，
平时却套住高耸的山头
　　像个头盔似的白帽。

在冰封的阿尔卑斯山上，
　　小羚羊任东跳西窜，
但在它选中的幽僻地方
　　有个家可以去避寒。

再说海象，哪怕在洋面下
　　它没有做窝的洞穴，
却能在滚滚波浪上躺下——
　　睡觉时没动的感觉。

就算大鸦在多风的日子
　　翻飞得像颠簸的船，
但是安在那峭壁深处的
　　安乐窝它也很喜欢。

疾走如飞的鸵鸟白天里
　　在漠漠黄沙上流浪，
到了需要操心的凉夜里
　　会孵在它那些蛋上。

夜以继日，徒增我的苦辛——
　　却永远难接近目标；
日以继夜，流浪者的灵魂——
　　我感到在把我骚扰。

　　1800 年？

七姐妹

——宾诺利的寂寞凄凉①

1

阿奇博爵爷有七位闺女，
　　她们是一个妈生养；
她们彼此间的你疼我爱，
　　短短的一天不够讲。
像七朵百合花扎的花环！
　　七姐妹生活在一起；
可她们的爹仗打个没完——
这骑士，对女儿毫不挂念——
　　他只有战争最欢喜。
哀哀地唱吧，哀哀地唱！
唱出宾诺利的寂寞凄凉！

2

风强劲地吹，吹的是西风；
　　这时，从爱尔兰海岸
破着浪直朝宾诺利航行的
　　是条无畏的海盗船。
海盗们驾这艘雄伟的船，
　　向苏格兰海滩驶去，
船上的武士个个跳上岸；

---

① 本诗中的故事出自德国作家弗雷德里卡·布隆（1765—1835）的歌谣《七座小山》。"宾诺利"这一地名来自苏格兰著名谣曲《两姐妹》中的叠句。

听！那头领在他们中间
　　把手中的号角吹起。
哀哀地唱吧，哀哀地唱！
唱出宾诺利的寂寞凄凉！

3

在七姐妹的那个洞穴旁，
　　凭枝枝叶叶的遮蔽，
她们安静地躲在树荫里，
　　幼鹿般躺下了休息。
可那片嘈杂的人喊马叫，
　　把她们吓得跳起身；
她们向左逃，接着向右跑——
你呀对女儿们关心太少，
　　你这当骑士的父亲！
哀哀地唱吧，哀哀地唱！
唱出宾诺利的寂寞凄凉！

4

七位坎贝尔家的俊姑娘
　　跑过了山峰和山谷；
年轻的海盗们边追边叫——
　　得意地威吓和污辱。
他们喊："你们父亲爱游荡；
　　等到他回家的时候，
见人去楼空未必会悲伤；
快把你们的金鬈发梳妆，
　　对我们要公道温柔！"
哀哀地唱吧，哀哀地唱！

唱出宾诺利的寂寞凄凉!

5

有的紧紧随,有的并肩跑,
　　像风暴中乱云飞驰;
她们边跑边喊:"让我们死,
　　让我们全死在一起。"
附近有个湖,湖岸很陡峭;
　　从没有人迹到那边;
她们跑到了就狠命一跳,
让自己往深深湖水里掉,
　　从此就再也没出现。
哀哀地唱吧,哀哀地唱!
唱出宾诺利的寂寞凄凉!

6

从那湖流出了一条小溪,
　　流过长青苔的幽谷,
为坎贝尔家可爱的姑娘
　　把悼念的呜咽重复。
七个不生草木的小绿岛
　　从湖底升出到水面。
美丽的姐妹们,渔夫说道,
全被仙女们在那里埋好——
　　在那里一块儿长眠。
哀哀地唱吧,哀哀地唱!
唱出宾诺利的寂寞凄凉!

1800 年 8 月?

没孩子的父亲

"起来,蒂莫西,拿上棍子出发!
今天早上,村里没人肯待在家;
汉密尔顿的地里,野兔在飞跑,
斯克陶高兴地听着猎狗在叫。"①

淡灰、大红和翠绿的各式衣衫——
山坡牧场上,种种颜色看得见;
蓝围裙很好看,便帽白得像雪——
山上的姑娘个个像是在过节。

黄杨的带叶嫩枝,把奠盆装满——②
不到半年前,就在蒂莫西门前;
棺柩从蒂莫西家门槛上经过,
里面的孩子是他最后的一个。

喧闹的声音很快从山谷传来:
马嘶、猎号和嗾狗声——嗾狗散开!
老蒂莫西就把棍子拿在手里,
慢悠悠把他那小屋的门关起。

也许就在那时候,他对自己说:
"得带上钥匙,因为爱伦已死了。"
可我耳朵没有听到他这样讲;

---

① 斯克陶为山名。

② 我还是个孩子住在考克茅斯时,在办丧事人家的屋前,总有铺着白布、放有盆子的桌子。盆中装满黄杨树小枝,供吊丧的人取来投在墓穴中。——作者原注

就这样他去打猎,泪还在脸上。

1800年?

心爱的羔羊

牧　歌

星星已开始眨眼,露珠正很快在降下;
这时我听见人说话:"喝吧,好宝贝,喝吧!"
我从树篱上望去,看见了在我的前方
有只雪白的野羊羔,旁边还有个姑娘。

羊羔孤孤零零,附近没有牛也没有羊,
一根细细的绳子把它拴住在石头上;
草地上,小姑娘屈着一条腿跪在那里,
正在把晚餐送到那小小野羊的嘴里。

就这样,羊羔在她的手中享用着美餐;
它摇头晃耳吃得香,连尾巴摆得也欢。
"喝吧,好宝贝,喝吧。"她说话的那种声音
已经使她那颗心深深打动了我的心。

这是小芭芭拉,一个绝顶俊俏的姑娘!
我高兴地凝望她俩,真是可爱的一双。
这时,小姑娘提起了空罐转过身走开,

但是走了还没满十码,就站停了下来。

她直勾勾地望着小羊羔;我站在荫处,
她没看见我,我却看见她的脸在抽搐——
如果大自然使她出口的是抑扬词语,
那么我想小姑娘会唱出这样的诗句:

"你觉得哪里不舒服?扯这绳子为什么?
你感到哪里不好?是吃的还是住的呢?
你的这片草长得嫩,绿得没办法更绿;
睡吧,小东西,睡吧;你的不舒服在哪里?

"你想找什么东西?你心上要什么东西?
是你的四肢不够有力?可是你真美丽:
这里的草儿鲜嫩,这里的花儿最漂亮;
整天里,绿庄稼窸窸窣窣在你耳边响!

"要是阳光晒得热,扯扯这羊毛绳就行——
山毛榉就在近旁,你就能得到它庇荫;
说到山风和山雨,这你可用不着害怕——
雨呀这里难得下,大风呀这里难得刮。

"睡吧,小东西,睡吧;你已把那日子忘记——
那天,我爸爸在遥远的地方发现了你;
当时山上多的是羊群,但没有你爹娘——
你的妈妈呀,已永远离开了你的身旁。

"我爸爸抱起你,怜惜地带你回到家里。
那天算你有福气!你还想逛到哪里去?
你有个忠实的保姆,连山顶上的那头
生你养你的母羊,也不会对你更温柔。

"你知道,我每天两次去那清澈的小溪,
用这只小罐把爽口的溪水打来给你;
每天也是两次,我踏着一路上的露水,
来把一口口温暖的鲜奶送进你的嘴。

"不久,你的四条腿就会有加倍的力气——
我将把小车给你套上,像小马拉耕犁;
你同我将一起游玩,等到风冷天又寒,
我们的炉边是你的床,屋子是你的圈。

"你呀,你不愿睡下!可怜的东西,难道是
因为你心里想妈妈所以才这个样子?
也许我有些事情不知道,你却感到亲——
还想那些你已看不见、听不见的事情。

"现在呀看起来那山上十分青翠可爱!
可我听说过,那里的风和黑夜很厉害;
条条小溪像是快乐又顽皮,可发怒时,
活像一头头吼叫着扑向猎物的狮子。

"在这里,你不用害怕空中的那些大鸦,
你日夜都安全,因为近旁就是我们家;
为什么你跟着我叫,扯着系你的绳子?
睡下吧,天亮的时候我就会再来看你!"

我拖着懒洋洋的脚沿小路走回家去,
一路上常常一遍又一遍想着这小曲;
当我一句句追忆这曲子,我总是觉得:
这只有一半属于她,还有一半属于我。

我一次又一次把这支曲子反复哼唱,
最后说:"准是有一半以上属于这姑娘;

因为她那种神色、她说话的那种声音,
已经使她那颗心深深打动了我的心。"

1800 年?

玛格丽特的悲苦

1

你在哪里,我亲爱的儿啊?
在哪里?这样比死还不如!
得意或落难都该来找我!
哪怕你如今睡进了坟墓,
这事情只要我能得个信,
我就死了心,不怪你粗心,
不再想到你名字就伤心。①

2

七年啦,唉呀,根本就没有
我那独生子的一点儿消息;
我曾绝望,曾希望,曾坚信,
却总被我的想象所蒙蔽;
有时,我竟想得十分高兴,

---

①本诗原作的韵式为ababccc,但译文多为xaxabbb。

我伸过手去,却是一场空;
有什么伤心事和这相同?

3

论品质,他属于人中精华;
谈相貌,他长得俊美好看;
他家世清白,他教养良好;
我儿子纯朴无邪又勇敢。
据说后来有些事需宽恕,
可那些事并不带来耻辱;
没愧色出现在我的脸部。

4

他爱玩,只顾小孩家的事,
他年纪轻轻的怎能想象,
他的突然狂呼在母亲的
耳朵里会产生多大影响!
他无法想象,他难以猜到,
岁月呀给母亲带来苦恼,
但是决不会使母爱减少。

5

眼中没有我!不,这乱猜疑
害了我很久;迷了我眼睛,
我说:"自尊会帮我消怨气;
我一直是个慈爱的母亲,
这样慈爱的很难找。"不错;
我的泪像露水湿了我的路,

我背着人们为了他而哭。

6

儿啊,你如果已穷愁潦倒,
对声誉和财富已经无望,
啊,可不要害怕进我的门,
别怀着痛苦想着你的娘。
现在我看得比从前分明;
再也不在乎人间的尊荣、
幸运女神的谎言和礼品。

7

天上的鸟雀都长着翅膀,
天上的风儿帮它们飞翔;
它们虽乘风而上,但不久
漫游者就乐于飞回家乡!
我们离不开海洋和大地;
也许我这样的徒然希冀
是唯一能安慰你的东西。

8

可能你受到非人的残害,
躺倒在某处地牢里呻吟;
要不,可能给扔在沙漠里,
却成了一个狮窝的主人;①
也可能给召去远航海上,

---

① "狮窝"语出《旧约全书·但以理书》第6章16节。

随后又连同所有的同伴
沦入了音讯不通的睡乡。

9

我寻魂找魄,但是就没有
一个魂做出努力来见我;
常言道:阳间和阴世向来
能互通消息,这真是胡说;
那样的话,我早就见了他;
因为,我怀着无限的牵挂
和挚爱,日夜在等待着他。

10

我忧虑和恐惧纷至沓来;
连草叶窸窣作响也害怕;
一朵朵的云在天上飞过,
那影子竟叫我牙齿打架;
我问这问那,却没一个人
给我的回答能称我的心;①
连整个世界都显得不仁。

11

我的苦恼没有人能分担,
我的苦恼没有人能解除;
偶尔有谁叹口气,那也是

---

① 本诗中的女主人公是位孤苦寡妇,住在彭里斯城(在如今的湖区国家公园),据说,她见到陌生人总要上前打听她儿子的下落。

可怜我，不是我心中的苦。
快来找我吧，要不捎个信，
我的儿啊，也免得我伤心！
除了你，世上没有我亲人。

  1800 年？—1807 年？

被遗弃者

人家寻到了他们找的安宁；
最猛的暴风雨不会最持久；
即便是对罪恶最深重的心，
老天也不会为往事而追究；
何时能扭转我命运的现状？
我只求知道最糟糕的情况；
我盼得心都像要爆裂一样。

倦人的斗争啊！沉默的岁月
看来绝不说靠不住的故事；
可时光匆匆，而希望和恐惧
却十分强烈，总获得胜利。
我最平静的信念难免悲伤；
虽然我感到徒然在希望，
仍觉得他将再来我身旁。

  1800 年？— 1807 年？

"我曾在海外的异乡漫游"

我曾在海外的异乡漫游,
　周围全都是陌生人;
哦,英格兰!我到了那时候
　才明白我爱你之深。

那忧郁的梦早一去不回!
　我不愿再次离开你——
不愿再离开你海岸,因为,
　看来我越来越爱你。

我曾感到我向往的欢乐——
　在你的山峦冈岭间;
我珍爱的她曾摇着纺车——
　在英格兰的炉火边。
你晨光亮出,你夜色遮蔽
　露西流连过的林荫;
而露西最后眺望的土地
　就是你田野的青青。

　1801 年?

洞穴中写下的诗行

月亮啊，如果我见过你的柔光
按潺潺溪声在洛蒙德湖欢跳，
或当你每月一次去墓中躲藏，
我在黑夜里盼你的好光普照；
如果我扑过幻想的翅膀翱翔，
勇敢地把你金色的山谷寻找，
又在荒僻的洞里舒服躺一晌，
把你可爱的女伴们高兴凝望——
她们的清辉胜似人间的美貌！
就像士麦拿的牧人说的那样，①
你的光华温柔得像多情少女
印在**恩底弥翁**眼皮上的香吻，
让年轻人醒后在暗处拥抱你；
那每晚我倚在这洞里的时分，
好**月亮**啊，把我爱的姑娘引向这里！

1802 年？

---

① 据英国考古家、旅行家理查德·钱德勒（1738—1810）的《小亚细亚游记》记载，土耳其士麦拿（伊兹密尔）的牧人指给游客们看一个洞穴，说这是月神下凡来会希腊神话中的青年牧人恩底弥翁的地方。

露易莎①

写于陪她去山中远足后

我在树荫下遇见露易莎,
见了这可爱的姑娘,我呀,
　为什么却不敢直说:
她简直像五月里的溪涧,
蹦蹦跳跳地直跃下山岩——
　仙女般地健康活泼?

她有着人所不知的笑容,
这笑容凭它特有的活动,
　出现、展开和消失——
俏皮地来回在有无之间,
而且她即使把笑容收敛,
　眼睛里仍藏着笑意。

她爱炉火,爱她家的小屋,
但也爱在风雨交加的时候
　去那大荒原上游荡;
我看她努力地顶风走去,
真想吻去那一滴滴山雨——
　在她的脸颊上闪光。
月下的一切我都能抛弃,②

---

① 对于露易莎是谁的问题,有着不同的看法。有人认为是诗人的妹妹多萝西,有人认为是不久后嫁给作者的玛丽·赫钦森,也有人认为是玛丽的妹妹乔安娜·赫钦森。

② "月下的一切"语出《李尔王》第四幕第六场。

只求她沿着蜿蜒的小溪
　　去追寻瀑布的时候，
我能在长满青苔的地方，
或在古老岩洞的石壁旁，
　　陪伴她坐半个晌午。

1802年1月？

水手的母亲

　　　　冬季里一个阴湿大雾天，
　　　　早晨我路上遇见位妇女；
　　　　她虽然还没有进入老年，
　　　　但看来青春却早已过去。
　　她举止雍容威严，人挺直魁梧，
风度和步态像一位罗马人的贵妇。

　　　　我想，古罗马精神还活着，
　　　　那古风还在她身上呼吸；
　　　　我自豪，因为我国养育了
　　　　这样坚强而庄重的妇女。
　　她求我施舍，看来境况很不好；
我又看看她，依然是那样为她骄傲。

　　　　我从美好的想象中醒来，
　　　　问道："你带的是什么东西？——

你身上的大氅把它覆盖,
隔开了又冷又湿的空气。"
一听到我这个问题她便回答:
"先生,是只会唱歌的鸟,算不了啥。"

她接着又这样说了下去:
"我有个儿子,他经常出海,
可如今他已经不在人世,
人家早把他抛在了丹麦。
于是我辛辛苦苦地长途跋涉,
去看看他是不是给我留下了什么。

"这只鸟和鸟笼都是他的。
他这只会唱歌的鸟,以前
总是给打点得干净整齐;
我儿子出海,常带在身边。
可最后一次出航,他没带这鸟——
可能在他的心头已有了不祥之兆。

"他托同住的人当心这鸟,
请那人给鸟儿喂食喂水,
让它在安全环境里啼叫;
儿子死去后,我把鸟找回——
我已尽了力,请上帝帮助我吧——
我带着它,因为儿子曾那样喜欢它。"

1802 年 3 月

艾丽丝·菲尔

——贫困

驿车被赶得直往前猛冲，
因为乌云把月亮已吞没；
我们正急急赶路，有一种
吓人的声音扎进我耳朵。

就好像风在四面八方吹——
我听着，似乎它越来越响，
似乎把我们的马车紧追，
听上去总和先前的一样。

最后，我朝着那驿差喊叫；
他当即便把几匹马勒住；
可是并没有哭叫和呼号，
类似的音响已声息全无。

这时候驿差抽了下响鞭，
马就在雨中飞快地奔突；
我又在风声中听到叫喊，
于是叫驿差再把车停住。

我随即从车中跨到地上，
说道："哪来这可怜的哭喊？"
接着我发现一个小姑娘——
孤零零坐在马车的后面。

"斗篷!"别的词她一个没说,
只凄凄苦苦地放声哭号——
她无邪的心像要被哭破;
接着从车后她往下一跳。

"你哪里不舒服?"她还是哭:
"瞧这里!"只见马车轮子上,
缠着块破烂的褪色破布——
同稻草人身上套的一样。

它卡在轮毂和轮辐中间,
一时里倒还很难解下来;
等大家努力扯下来一看——
真是可怜的破烂布一块!

"孩子,路上是这样的冷落,
在今天晚上,你想去哪里?"
"达勒姆,"她失魂落魄地说——①
"那就随我坐进这马车去。"

所有的劝慰她毫不理会;
可怜的姑娘坐在车里面,
抽抽搭搭地不断流着泪——
伤心得似乎永远没个完。

"你的家可在达勒姆,孩子?"
她把心中的悲伤忍了下,
说道:"我名叫艾丽丝·菲尔;
我没有爸爸,也没有妈妈。

① 达勒姆为英格兰西北部城市,是位于坎伯兰郡东面的达勒姆郡的郡治。

"可我是达勒姆的人,先生。"
这念头好像又使她心疼,
她这时又变得十分悲痛——
这都是为那破烂的斗篷!

马车行驶着,现在已接近
旅程的终点,她在我边上——
哭得像失去唯一的亲人,
怎么也没法使她不悲伤。

我们急急地驶向小旅店;
我讲了小姑娘的伤心事;
店主人收下了我给的钱,
答应买件新衣给艾丽丝。

"这斗篷是要灰色粗呢的,
要挑市场上最暖和的买!"
这个小孤儿艾丽丝·菲尔
第二天变得神气又欢快。

1802年3月

几个乞丐

　　她也许比高个儿男子还高；
　　在那夏季的午间阳光里，
　　她没戴遮面庞的宽檐软帽，
　　却穿着很长的斗篷一袭；
　　这斗篷漂亮地飘垂到脚面，
她戴的便帽白得像刚下的雪一般。

　　她肤色像埃及人黑里带黄；
　　她气度高贵，好像看见了
　　她自己投向前方的目光；
　　伟岸的身材够得上做个
　　女王，统率古代亚马孙女战士，①
或做希腊岛屿上某个盗魁的妻子。

　　她走到我面前，伸出了手掌，
　　苦苦地哀求我施舍一点；
　　我知道，在英格兰的土地上，
　　这样的悲苦不可能出现；
　　可我还是给她钱，因为这人物
虽是累赘，神气的外貌却看着舒服。

　　我离开了她，继续走我的路；
　　不久便看见在我的前面，
　　有两个小小的男孩在追逐
　　一只红蝴蝶，玩得相当欢；

---

① 据希腊神话，这些女战士居住在黑海边。

高的一个手拿帽子跟着跑,
帽上有英格兰最鲜艳的黄花围绕。

另一个戴着没边沿的花冠——
四周还插着月桂的叶子;
两个人边快活地高声呐喊,
边来来往往地追个不止。
兄弟俩的面貌无疑都显示了
刚才那个苦苦哀求者脸上的线条。

可两人满心欢喜,似乎足以
做天上人间最美的工作;
如果有翅膀,他们会飞了去,
在曙光女神的车前撒花朵——
尽管依我想,在山石或绿草上
追赶他们翻飞的猎物要远为欢畅。

他们横蹿到我面前,你看,
一张口便是讲乞怜的话!
我说:"在不到半小时以前,
我把钱已给了你们妈妈。"
一个答道:"这不可能,她已去世!"——
我责备的眼光没能使他们低下头去。

"先生,她去世了已许多日子。"——
"住口,孩子们!这是假话;
她是你们的妈妈,是这回事!"
闪亮的眼睛刚刚只一眨,
一个已在喊:"来!"转眼两个
快活的流浪儿已跑去找别的欢乐。

1802年3月

致蝴蝶

待在我身边,可不要飞走!
让我能多看你一些时候!
我想,你同我该有不少话,
你把我童年的历史记下!
就在我身边飞吧;别飞开!
　你让旧时光复活啦:
你呀,你这个朋友真欢快!
把庄严的图像给我送来——
　让我想起了我老家!

那些日子里是多么快乐!
我和我妹妹埃米兰两个①
那时人还小,我们的游玩
常常就是把蝴蝶儿追赶!
我活像个猎人冲向猎物——
　蹦蹦跳跳地紧追它,
从这树丛直追到那丛树;
可她呀,老天保佑,却生怕
　把翅上的细粉抹下。

1802 年 3 月

---

① 一般都认为埃米兰指诗人的妹妹多萝西。

致杜鹃

快活的鸟呀！你新来乍到，
　　我听到你唱就高兴。
杜鹃哪！我该把你叫作鸟，
　　或叫你飘荡的歌声？

我躺在草地上，倾听着你
　　那成双捉对的叫唤；
这声音像在山丘间飘逸，
　　听来既很近又很远。

虽然你是对幽谷咕咕地
　　谈论着鲜花和阳光，
你却在我心眼前展现了
　　一幕幕往事的景象。

热烈地欢迎你，春之骄子！
　　可你在我的眼睛里——
不是鸟，而是无形的影子，
　　是一种歌声或者谜。

以往，在我上学的日子里，
　　我曾经谛听你呼叫；
曾朝着天上、曾在树丛里
　　千百次地把你寻找。

为了寻找你，我常游荡在
　　树林中或者草原上；

而你呀却是希望、却是爱——
　　看不见，但被人渴望。

现在我又把你的歌细听；
　　又仰卧在这平原上
听着你在唱，直到我的心
　　回到那黄金般时光。

杜鹃哪！你这受祝福的鸟！
　　你使这世界起变化；
它像是成了缥缈的仙岛；
　　成了配得上你的家！

　　1802年3月？—6月？

"每当我看见天上的彩虹"

每当我看见天上的彩虹，
　　心就会激烈地跳动。
年幼的时候我就是这样，
现在成人了依旧是这样，
但愿年老时仍然是这样，
　　要不，宁可死亡！
儿童既然是成人的父亲，①

---

① 《菜根谭》中也有类似的说法：赤子者，大人之胚胎。

我就能希望自然的敬爱①
把我的一生贯穿在一块。

1802年3月?

颂诗：忆幼年而悟永生（永生颂）

儿童既然是成人的父亲，
我就能希望自然的敬爱
把我的一生贯穿在一块。

1

曾有个时候，牧草地、树丛和小溪，
　　这世界和每一种普通景物，
　　　　在我的眼睛里，
　　似乎都有神圣的光辉射出，
显得壮观瑰丽和梦样的新奇。
现在，同以往那个时候不一样——
　　　无论朝哪个方向看，
　　　不管黑夜白天，
我再也看不到以前看见的景象。

---

① "自然的敬爱"（natural piety）可有两种解释，一是小辈对长辈的"自然的敬爱"，二是对自然的敬爱。

2

  彩虹照旧来又去,
  玫瑰也依然艳丽,
  高高兴兴的月亮
环顾着周围的长天一无遮蔽;
  星夜里的一片汪洋
  仍旧是壮观又美丽;
  初升的太阳正灿烂如炽;
  但不管我在哪里,我知道
有一种辉煌已从地球上消失。

3

如今,鸟雀都这样高兴地歌唱,
  一只只小羊在蹦蹦跳跳,
  像随着手鼓声舞蹈。
只有我,在心中生出一缕愁思,
但是我及时地抒发使它消失
  并使我又变得坚强。
悬崖冲下的瀑布发出号角声,
我的愁思不再把这季节辜负。
我听见回声在山间来去奔突,
从睡乡中醒来的风朝我直送——
  整个世界都欢乐;
   陆地和海洋
  沉浸于这一片喜气洋洋;
   怀五月之心一颗,
  每头牲畜都像在过节日——
   快乐的放羊娃
在我四周叫,让我听听你欢叫吧!

4

你们这些有福的生灵,我听见
　　你们在互相呼唤;我看到
天空同乐陶陶的你们一起欢笑;
　　我的心同你们一起尽欢,
　　我头上戴着节日的花冠,
我感到,全感觉到你们福分的圆满。
　　啊,这日子将多么使人生厌!
　　要是我绷着脸,大地却亲自
　　　　把这五月清晨装饰;
　　千百个山谷的八方四面,
　　　　儿童们到处在
　　把那些鲜艳的花朵采摘;
　　在这明亮温暖的阳光中,
婴儿在母亲的怀里频频跳动:——
　　我听,我听,我高兴地听着!——
　　但是,许许多多树中有棵树,
还有我曾观看过的一片壤土,
它们总在把某一件往事追溯:
　　　三色堇在我的脚边
　　　　把同样的话儿叨念:
眼前那缥缈的光辉去了哪里?
那种梦和辉煌如今又在哪里?

5

出生后,我们只是在睡眠和遗忘;
　　与我们俱来的灵魂,这生之星辰,[①]

[①] "星辰"指太阳。

本安歇在别的什么地方，
　　这时候从远处降临；
我们并不曾完全地忘却，
并不曾抛却所有的一切，
而是驾着光辉的云彩，从上帝，
　　从我们那家园来到这里：①
婴幼时，天堂展开在我们身旁！
在成长中的少年眼前，这监房的
　　阴影开始在他周围闭合，
　　　　而他却是
看到了灵光和发出灵光的地方，
　　他见了就满心欢乐；
青年的旅程得日渐地远离东方，
　　可仍把大自然崇拜、颂扬，
　　　而那种瑰丽的想象
　　　　陪伴在他的旅途上；
这灵光在成人眼前渐渐黯淡，
终于消失在寻常的日光中间。

6

大地在怀里兜满自己的欢快；
她有着自己的各种自然向往，
而且，带着一种慈母的心肠
　　和并非无聊的目标，
　　这淳朴的保姆尽其所能
使她哺育的孩子——她收容的人——
　　使他把见过的辉煌忘怀，

---

① 诗人认为与生俱来的永生灵魂，在人的肉体出生后要逐步丧失"瑰丽的想象"。

把他由之而来的堂皇宫殿忘掉。

7

看这沉浸在初生幸福中的孩子,①
一个六岁的宝贝,小精灵般大小!
就躺在他的手创造的东西间,瞧,
母亲一次次袭来的吻惹他发急,
而父亲的目光把他周身笼罩!
瞧,他的脚边是小小的图画一张,
是他人生之梦中的某一个片段,
刚学来的技艺使他把这图想象;
　　是一场婚礼或一个节日,
　　是一次丧事或一回葬礼;
　　　现在这事在他心上,
　　他为这事唱他自己作的歌;
　　　以后他还会使舌头
去适应事务、恋爱或斗争的交谈;
　　可是,过不了多久,
　　　这就会全被抛弃——
　　　以新的自豪、欣喜,
这小演员要把另一种台词诵念;
他时时出现在他有各种角色的
"古怪舞台"上,直到哆嗦的年纪——②
这些角色都在生命女神的马车里;

---

①　一般认为,华兹华斯心目中的这个孩子是哈特利·柯尔律治。他是《抒情歌谣集》的另一位作者塞缪尔·泰勒·柯尔律治的长子,生于1796年,在华兹华斯开始写本诗的1802年正好6岁。

②　"古怪舞台"语出伊丽莎白时代的英国诗人兼剧作家塞缪尔·丹尼尔(1562—1619)的一首十四行诗。

似乎他天职是模仿,
　　是无穷无尽的模仿。

　8

　　你呀,你这副外在的形象同你①
　　宏大的灵魂确实不一;
你这最好的哲人,你还保持着
传得的财富,是盲人中的明眼人,
你不听不说,却看清永恒的深奥——
那里,永远有永恒的智者去寻问——
　　灵验的先知!有福的观察者!
　　那些真理就由你掌握着,
而我们则花了毕生精力在找寻,
找寻在昏黑,墓穴般的昏黑里;
你呀,你的永生笼罩在你身上,
像白天阳光,像主人之于奴隶,
这种存在可不容被弃置一旁;
你这小孩呀,你在这人生高处上
还有着天生自由的光辉的力量,
可为什么做出这样热切的努力,
要岁月带来那无从避免的压力,
竟这样同你的福分盲目地开仗?
你灵魂很快就有其人世的重担,
沉甸甸压在你身上的还有习惯,
深得几乎像生命,重得像冰霜!

---

① 这里的"你"仍指6岁的哈特利。

9

  高兴啊！我们的余烬里，
   竟还留一些活力，
  人的天性还能回忆起
  那样容易消失的东西！
想起我们过去的岁月，总会在
我心中引起感恩之情：这实在
不是为了那最值得受祝福的事；
童年的简单信条是欢快和自在，
不管是在忙碌还是在歇息之时，
而希望像新长的翅膀扑动在心里：——
  我并不是为了这些
   而唱出赞美和感谢；
  而是为那些对外界事物
   和感官所做的顽强探求，
  为周围那些消失和陨灭；
为在有点缥缈的世界上活动的
生灵所感到的那种茫然的惧怕——
在这强烈的本能前，我们凡人的
天性曾颤抖得像罪人受了惊吓；
  而是为那些第一次的感情，
   为那些回忆中的隐约情景，
  那都是些什么且不管，
可还是我们整个一生中的光源，
是我们所见一切中的主要亮光；
  它们鼓励和珍爱我们，有能力
使我们喧闹的岁月看起来就像
永恒寂静中的瞬间：苏醒的真理
   永不会消灭；
不论是倦怠或者是疯狂的努力，

是成人或孩子,
不论是任何同欢乐为敌的一切,
都无法把它们完全消除或毁弃!
　　所以,在风静天高的季节里,
　　尽管在内陆,离海岸很远,
那把我们送到这里的永生海域
　　我们的灵魂能够看见,
　　能在霎时间去往那里,
去看孩子们嬉戏游玩在海岸上,
去听永远在翻腾着的浩瀚海洋。

10

唱吧,鸟雀,唱吧,把歌唱得欢!
　　让小羊去蹦蹦跳跳,
　　像随着手鼓声舞蹈!
我们的心真想来你们的中间,
　　你们这些啼叫的、玩耍的,
　　你们这些从今日心底里
　　感受并体味五月欢愉的!
那一度如此光明灿烂的景象
虽然已永远在我们眼前消失,
　　那草美花荣的时期
虽然也一去不回,这又有何妨;
　　我们将不会悲伤,倒是要
在剩下的部分中把力量寻找:
　　寻找在根本的感应中间——
　　它既存在过,当留驻久远;
　　寻找在出于人间苦难的
　　那种给人慰藉的思想里;
　　寻找在看透死亡的信念中,

寻找在带来通达心灵的岁月中。

11

啊，泉水、草地、山丘和树丛，
别说我对你们的爱会告终！
我在内心深处感到你们的威力；
我只是放弃了一种欢愉，为的是
生活在我更习惯的你们的影响下。
我爱流去的小溪——它把河床冲刷，
比我以前同它们一样轻快时还爱；
一天刚诞生，它的光纯洁无邪，
　　　　仍十分可爱；
一片片云霞在落日的周围聚集，
在一直观察人生无常的眼睛前，
把一种沉静素朴的色彩呈现；
又跑完一程，赢得别的棕榈枝。①
　感谢我们赖以生存的人心，
感谢这心中的柔情、欢乐和恐惧，
对于我，最微贱的花朵常能给人
深刻的眼泪也无法表达的思绪。

1802年3月？—1804年3月？

---

① 人的一生有如一连串的进程，在每一个进程中都可以获得胜利，而棕榈枝则象征胜利。

麻雀窝

看哪，在枝枝叶叶的荫里，
那些浅蓝的蛋聚在一起！
这偶尔发现的一幅景象，
像朝我发出欢乐的幽光。
我周身一颤，似乎在窥探
　鸟的家和它家的床——
麻雀家在我爸爸家旁边，
不管在晴日还是在雨天。
我总是同我妹妹埃米兰①
　去把这麻雀家拜访。

她看着鸟窝，像是有点怕——
尽管很想，却又怕接近它。
难怪这心思，因为她当时
是人间牙牙学语的孩子。
而我一生中享有的福分，
　做孩子时我已有了：
她使我用好耳朵和眼睛；
她体贴关心，她谨慎小心；
她的心是一口热泪的井，
　充满爱、沉思和欢乐。

1802年3月？—5月？

---

① 见《致蝴蝶》注。在作者交给出版商的手稿中，此处是他妹妹的名字"多萝西"。

致云雀

带我上,云雀呀!带我上云霄!
　　因为你的歌充满力量;
带我上,云雀呀!带我上云霄!
　　　唱呀唱,唱呀唱,
唱得你周围的云天一片回响。
　　请把我激励和引导,
帮我找到你看来合适的地方。

我曾走过一处处凄凉的荒原,
　　今天,我的心感到疲倦;
　　要是我有着仙女的翅膀,
　　　现在就飞到你身旁。
你周身都是如痴如狂的欢乐,
　　超凡的喜悦充满你的歌;
请激励我,引导我上了再上,
带我到你天上设盛宴的地方!

　　你呀!欢乐得就像清晨,
　　笑个不停,嘲弄个不停;
你有个供休憩的情爱之窝,
所以,尽管没受累于懒惰,
醉酒似的云雀!你也不想
使自己像我这样东游西荡。
快乐的生灵啊,快乐的生灵!
你的性灵像一股湍急的山泉——
倾泻出对那至高主宰的颂赞,
但愿高兴和欢乐追随着我们!

唉，我的旅途啊，它崎岖不平，
蜿蜒在荆棘丛生的灰蒙蒙荒野；
但是听见你或你同类的声音——
一派天堂的无忧无虑和喜悦，
我就安天乐命地拖着往前走，
并把生命结束后的狂喜等候。

1802年3月？—7月？

"世上最美的一切中，有我爱人"

（萤火虫）①

世上最美的一切中，有我爱人；
她细细看过屋子周围的花朵
和星斗，但是从没见过萤火虫——
一只也没有，这我知道准没错。

有一夜风刮得很猛，我骑着马
走近她家时却偶尔看见一个；
我庆幸自己这时能够看到它，
便跳下马来，心中充满了欢乐。

---

① 华兹华斯在该诗写成后曾有信给柯尔律治，说诗里的这件事"七年前发生在多萝西和我之间"。在多萝西的《日记》中，这首诗被称为《萤火虫》。

我把萤火虫放在一张叶子上，
带着它蹒行在起风暴的夜晚；
它照样还在放光，并没有惊慌，
尽管这个光要比原先暗一点。

当我来到我爱人居住的地方，
我静悄悄地进了她家的果园，
并把受我祝福的萤火虫安放，
让它独自安歇在一棵树下面。

次日，我整天战战兢兢地希望；
夜晚，萤火虫在树下又放光明；
我领着露西走到那里说："你看！"
啊，这使她高兴，这使我也高兴！

1802 年 4 月

三 月

在兄弟湖下首的桥头憩息时作

公鸡在高唱，
溪水在流淌，
小鸟在啼鸣，
湖面亮晶晶，
沉睡的绿野沐阳光；

任年轻年老,

　　随壮汉操劳;

　　牛群在进食,

　　头始终低着;

四十头全都一个样!

　　积雪已消融——

　　像败军阵容,

　　秃山的峰巅,

　　正处境为难;

庄稼汉在叫喊:快啦!

　　山中有喜气;

　　泉中有生意;

　　云朵在飞扬,

　　蓝天已开朗;

雨停了,已经不再下!①

1802年4月

绿　雀

在这些把它们雪白的花
撒在我头上的果树之下,
万里无云的春日晴空把

---

① 原作是"The rain is over and gone!",语出《旧约全书·雅歌》。

好阳光铺在我四周；
在这与世隔绝的好地方，
重坐在我果园的座位上，
同花鸟做伴可真是欢畅——
　　都是我去年的朋友。

在这有福者的幽雅宝地，
我看有一位来客最欢喜：
它那高兴的歌声和飞翼
　　远乐过其他鸟。好哇！
雀儿！你身上是一片青青，
是今天主宰这里的精灵，
是你领着头为五月欢庆；
　　这里呀，是你的天下。

鸟儿、蝴蝶和花儿不是在
谈情和说爱，便含情脉脉；
就你在半空中上去下来，
　　在绿荫里独自翩跹。
你这像空气一般的精灵，
自在地播撒着你的高兴；
你的福分已使你难配亲——
　　你是你欢乐的源泉。

你瞧它欢天喜地的模样——
就栖在那边一丛榛树上，
一阵微风来，树一片闪亮，
　　看来它依然在飞腾；
你看哪，它正在扑动翅膀，
你看它的脊背和身子上，
有阴影，又有烁烁的阳光——

明和暗遍布它全身。

它真像一张绿色的叶片,
常把我看花了的眼欺骗;
它一下掠到小屋的檐边,
　把满腔的歌曲倾吐;
飞在林中时虽冒充绿叶,
现在它那歌声中的喜悦,
似乎把模仿的对象戏谑——
　瞧不起它声息全无。

　　1802年4月？—7月？

致雏菊①

鲜明的花呀！你到处为家,
在大自然的慈母关怀下。
你勇敢胆大,一年到头呀,
　经历着欢乐或忧愁;
依我看,你准有什么地方
同我们人类的特性相像,
我看遍林子,别的花身上

---

① 诗人写过三首《致雏菊》,这里选译了其中两首。诗中的雏菊不是最常见的那种。它们看上去比一般的雏菊纤弱,长得似乎更贴近地面,白色或略带粉红的花朵给人以勇敢又温柔的感觉。

这样的特点却没有。

是不是因为人容易沮丧？
他可真糊涂！一旦不顺当，
就不大肯依靠他的回想
　或依靠他有的理智；
你愿意教他吗？教他怎样
在刮风时候找藏身地方，
在困难时候不丧失希望——
　也不管在什么季节。

你，漫游在广阔的世界里，
没有骄气和犹疑妨碍你，
不管是否有谁向你致意，
　总那么乐意和高兴；
温顺地听从机遇的吩咐，
尽管受过了各种各样苦，
你把自己使徒般的任务
　在安宁平静中完成。

　　1802年4月？—7月？

致雏菊

广阔的世界上事物万千，
但这里没什么可做可看。

雏菊啊，是你可贵的优点
　　使得我再同你叙叙。
大自然给你朴实的面庞、
没矫揉造作的平易模样，
但自有一种优雅和端庄——
　　这可是爱神的赐予！

在花影斑驳的青草地上，
我闲坐着，戏谑地打比方——
用种种事物的大致形象
　　把对你的联想点明；
我凝神注视着你，想出了
许多胡诌而可爱的绰号，
有的责怪你，有的却称道——
　　那就看当时的心情。

像举止谦卑的娴静修女；
像爱神殿前的活泼仙女——
对各种诱惑你难于抗拒
　　就因为你天真纯朴；
像女王戴着红宝石冠冕；
像挨饿的人穿着薄短衫；
这些都描绘出你的容颜——
　　我就用它们来称呼。

我又联想到独眼龙，那眼①
瞪着我，像威胁又像挑战，
但是，这怪念头转眼之间
　　就已经飘忽地飞去。

---

① 这里的独眼龙指神话中的西西里巨人，他只有一只眼睛，长在前额正中。

这个形象消失了，可是瞧！
银盾上镶着黄金的浮雕！
它挡在那里，稳稳地护牢
　　格斗中的勇敢仙女。

从远处，我看着光彩的你，
接着，你变得星星般美丽——
但和天上的许多星相比，
　　你还不完全比得上！
可是你像颗星，头戴银盔，
在空中摇摆着像在安睡；
如有谁竟然敢把你责备，
　　愿他的心永无舒畅。

可爱的花呀！冥想已结束，
我终于又这样把你称呼，
还把这称呼牢牢保持住，
　　不言语的可爱生灵！
你我在晴空下一起呼吸，
请你就像你惯常那样子，
让我的心重新充满欢喜，
　　并给我点温顺性情！

1802 年 4 月？—7 月？

致蝴蝶

足足半小时我把你凝望,
见你稳稳停歇在黄花上;
小小蝴蝶呀,我真不知道
你是在吮蜜还是在睡觉。
你纹丝不动,冰封的海面
　也不过这样!微风起,
等它在树丛里把你发现,
会叫你再一次翻飞蹁跹——
　怎样的快乐等着你!

这块地方是我们的果园;
树归我,花儿由我妹妹管;
你累了,就来这里歇翅膀——
住这里,就像住教堂一样!
来吧,别担心谁有坏心思;
　歇在近我们的枝间!
我们来谈谈阳光和小诗,
还有我们年轻时的夏天:
甜蜜的童年,那时的一日
　就像现在的二十天。

1802 年 4 月

预　见

那么干是在浪费和破坏——
来学我和查理的做法，来！
草莓花这里开得真不少，
但我们一朵也别去碰它；
你瞧呀，这花儿又低又小，
尽管它美似其他任何花。
你千万别碰它，我说安妮，
因为我，比你大两个夏季。

安妮妹妹，报春花凭你采！
采多少都由你，看你能耐。
这里是雏菊，你采个舒畅；
还有三色堇，还有剪秋萝。
铺你的绣床，盖你的闺房——
用那高高的水仙一朵朵；
你呀采满兜，你呀采满怀，
只有草莓花那可不能摘！

报春花也许讨春天欢喜，
可是夏天对它们不熟悉；
紫罗兰这种花不会结子，
得萎在地面上花瘪叶皱；
雏菊也不会留什么果实——
在这种漂亮的小花谢后；
这些花你去采，今年一过，
到明年这里开得一样多。

有一种较为温和的力量
上帝恩赐在草莓花身上；
用不了多久，春天就飞走，
查理和你我将走向这里；
那时候，草莓儿又红又熟，
隐藏在它叶片的阴影里——
在一根一根花梗上缀挂；
为那时的收获，别摘这花！

1802 年 4 月

决心与自立

1

整整一夜，风声里夹杂着呼啸，
哗哗的大雨简直是倒海翻江；
可现在，初升的太阳静静普照；
鸟雀正在远处的林子里歌唱；
野鸽把自己甜美的声音欣赏；
喜鹊在吱吱喳喳，樫鸟在回答；
整个天空中充满了水流的欢乐嘈杂。

2

热爱阳光的生物都来到屋外；

天空为早晨的诞生露出微笑；
　　雨珠使青草的色彩显得欢快；
　　野兔子高兴地在荒原上奔跑；
　　在稀里哗啦的泥地上，它的脚
　　往身后洒出一片晶亮的水和泥——
这些一路上跟着它，不管它跑到哪里。

3

　　那时我正巧是荒原上的过客；
　　我看见野兔快活得奔东跑西，
　　听见树林和远处流水的吆喝；
　　或像快乐的小孩这些没在意：
　　宜人的季节已把我的心占据；
　　空虚而令人忧伤的人间万事，
连同对往事的回忆已在我心头消失。

4

　　但有时会有这情形：当我们的
　　欢乐使我们的心难以再承当，
　　我们的情绪会变得十分低落——
　　其程度就同原先的高昂一样；
　　那一天早晨这正应在我身上；
　　恐惧、闲愁、非分之想沓来纷至，
有些陌生的胡思乱想我无以名之。

5

　　我听见云雀在空中婉转啼唱，
　　我想起那只活泼顽皮的野兔。

我虽是大地如此快乐的儿郎，
　　生活得虽像这些有福的生物，
　　远离着尘世无忧无虑地漫步；
　　但也许我会碰上另一种日子——
　　心中悲痛，再加忧伤、贫困和孤寂。

6

　　我在舒心的想法中生活至今，
　　似乎生活是一种夏日的情调；
　　似乎对于善有了亲近的信心，
　　一切必要的东西会不求自到；
　　但是人若不为自己操心操劳，
　　又怎么能指望人家为他种田、
　　为他造房，还应他要求把他爱怜？

7

　　我想起那位神奇少年查特顿，①
　　这无眠者花样年华便已去世；
　　我想起那位光荣又欢乐的人，②
　　他扶着犁，耕着山坡上的土地；
　　我们的心灵使我们有如神祇。
　　我们诗人年轻时以欢愉开张，
　　然而到头来总是变成沮丧和癫狂。

---

　　① 查特顿（Thomas Chatterton，1752—1770）是一位极有才华的英国诗人，因贫穷和孤独，18岁不到即服毒自尽。本诗与他的《博爱谣》诗节形式相同，内容都涉及一位老人。

　　② 指苏格兰诗人彭斯（1759—1796），他也很早便在贫困中去世，没有得到世人充分的认识。

8

　　不管是不是上天的特别恩赐——
　　把这重要的教诲送进我心房；
　　我是在这荒凉地方遇上这事；
　　我正同那些不快想法在对抗，
　　来到阳光下一无遮蔽的池塘，
　　那里，我意外地看见一位男子，
看来，满头白发的人里他老迈之至。

9

　　像有时见到的一个巨大石块
　　横卧在一个草木全无的高处，
　　所有看到它的人都感到奇怪：
　　它如何来到那里？原先在何处？
　　看来它很像是有知觉的动物：
　　像一头海兽爬着要去礁石上，
或者在海滩边休息，在那里晒着太阳。

10

　　看来这人就如此，他不活不死，
　　也没有睡着；只因他年事太高。
　　他已伛腰曲背，在生活旅途里
　　他的头已渐渐靠近他的双脚；
　　似乎在久远的以往，他曾受到
　　极度苦楚或剧烈病痛的折磨，
似乎有人所不支的重量把他压迫。

11

  他让他身子、上肢和苍白的脸
  支在削过的灰溜溜长木棍上,
  而且,当我脚步轻轻地走上前,
  这老汉依然站在池沼的边上,
  一动不动地就像是云朵一样——
  这云朵听不见风的高声呼号,
而如果移动的话,就整个随风而飘。

12

  他终于动了起来,拿那根木棒
  在塘中搅了搅,然后凝神看着
  浑浊的水,那仔细观察的模样
  就像是在把一本书细细念着;
  这时,仗着自己是陌生的行客,
  我走近了他的身边,向他说道:
  "这个早晨把美好一天给我们预报。"

13

  这位老汉做了有礼貌的回答,
  他慢慢说出他那谦恭的语言;
  我接着又向他说了这样的话:
  "你待在这里有什么事情要干?
  对于你来说,这是个荒凉地点。"

他答话之前，微微惊讶的神色
　　在他仍很灵活的黑黑眼珠里闪烁。

14

　　无力的胸膛吐出无力的话语，
　　但字儿一个接一个次序井然，
　　话里还带有某些崇高的东西——
　　经过斟酌的字句已超过一般
　　人们的掌握，真是庄严的语言，
　　是生活严肃的苏格兰人说的话——
　　这些信徒给上帝和人以应有的评价。

15

　　他告诉我说，因为他又穷又老，
　　所以就来到池沼边捉些蚂蟥。①
　　这活既要碰运气又叫人疲劳！
　　有许许多多艰难困苦要碰上：
　　从这里到别处，从池沼到水塘，
　　凭上帝的恩典，住处时无时有——
　　这样他就总算用正当的办法糊了口。

16

　　站在我身旁的老汉仍在说话，
　　可现在他的话听起来像小河——

---

① 据多萝西的《日记》记载，当时100条蚂蟥可值30先令，而在以前价值2先令6便士。由于蚂蟥会附在人的皮肤上吸血，所以当时用于医疗上。捉蚂蟥的人赤着脚站在浅水中，搅动着水，等蚂蟥叮上自己的腿脚就捉。

几乎听不见的字已很难区划；
　　这人的整个身影我看着看着，
　　就好像我在睡梦中曾经见过，
　　又像是从远方给派来的一样——
来用恰当的告诫给我做人的力量。

17

　　先前想的又来了：要命的惊恐，
　　那种不想靠人家养活的愿望，
　　寒冷、苦楚、操劳和肉体的病痛——
　　出色的诗人竟在不幸中死亡。
　　带着要求抚慰的渴望和迷茫，
　　我又急切地重新提出了问题：
"你干的这是什么活？怎样维持生计？"

18

　　他又重复他的话，并带着微笑，
　　说为了收集蚂蟥，他各处地方
　　都要去跑，都这样在水塘里搅，
　　因为在这些水塘里有着蚂蟥。
　　"它们曾很多，在哪里都能遇上，
　　但很久以来已逐渐变得稀少；
我可仍不歇手，哪里有，我就去寻找。"

19

　　在他这样说话时，这荒凉地点，
　　他的形象和话语，都叫我忧虑。
　　我心灵之眼似乎看见这老汉

踏着那令人厌倦的荒僻土地，
不断默默地浪迹于南北东西。
正当我这些思绪在心里闪过，
停了一下的他又把同样的话重说。

20

别的事很快就掺进了他的话，
说的口气很高兴，神情也友好，
给人总的印象是庄严；他的话
刚一停，我几乎要把自己嘲笑——
一位老弱者竟有这坚强头脑。
"上帝呀，请你支持、帮助我，"我讲，
"让我想到：这位老汉在荒原上捉蚂蟥！"

1802年5月—7月

徒步远足

这里正好：从渐渐枯萎的叶间
照下的阳光多柔和！在这向来
寂静的树林中，微微的风更无
声息；还有，这遍地是石南的床——
哪里找这样美妙的休息地方？
哦，让我看着你，看着你沉入
凝思的梦里，愿这梦长而又长，

直到你眼睛静得像水,像风儿
无影无踪时的水。可爱的朋友,
我俩共度过这样的快乐时光——
想到这个,我高兴得心要融化。

1802 年 5 月

"我想到:是什么使伟大的国家驯服"

我想到:是什么使伟大的国家
驯服;使人们把刀剑换成账本、
使学者跑出书斋去追求黄金,
把崇高的理想撇下,我就惧怕;
为我的这些无名恐惧,祖国啊——
我得受到责备?可当我想到您
并想到您的含义,我抱愧在心——
就为那些子民不该有的害怕。
因为我们得珍视您;我们觉得,
您呀,是人类事业的一个堡垒;
而我的情感却愚弄了我自己:
诗人在他的种种心理活动内,
有时难免怀着爱人和儿女的
心情想着您,那又有什么稀奇!

1802 年 5 月?—12 月?

致睡眠

一头头绵羊悠闲地踱过面前；
蜜蜂的嗡嗡营营，雨滴的声响；
河水的流淌，微风的轻拂，海洋，
平野，白茫茫的水面，一片蓝天；
这些，我一一想遍，却依然无眠！
不用多久，从我果园里的树上，
该传来小鸟第一阵啼啭歌唱，
该传来杜鹃头一遍忧郁叫唤。
昨夜是这样，加两个无眠夜晚，
睡眠哪，我没使你降临我身上：
所以，今夜别使我再神疲力殚。
没有你，哪来早晨的财富宝藏？
你来吧，白天之间的赐福栅栏——
清新思想和神清气爽的亲娘！

1802年5月？—12月？

"世俗叫我们受不了；无论早或迟"

世俗叫我们受不了；无论早或迟、
取或使，我们把自己的能力作践：
大自然难得有什么把我们感染；

我们献出了心，却是可怜的薄礼！
大海向着月亮把胸怀袒露无遗；
风儿，它时时都急于要咆哮一番——
现在像入睡的花朵全然不动弹；
同这种种事情，我们都有着距离；
都不能为之感动。伟大的上苍！
我宁做陈旧信条培育的异教徒，
这样，我站在这片宜人的草地上
瞥见的景物，能使我少感到凄苦；
能看到海老人从水中升起的形象①
或听见老特莱顿吹起的螺声呜呜。②

1802年5月？—1804年3月？

"月亮啊，你多悲哀地爬上天穹"

"月亮啊，你多悲哀地爬上天穹，
多无声无息，脸色又多么苍白！"③
你在哪里？人们常见你在空中
像林中仙女在云间奔去奔来！

---

① 这位海老人为海神看管海豹，名叫普罗蒂乌斯（Proteus），他能做预言，并能变成各种形态。

② 特莱顿（Triton）是海神之子，腰部以上为人形，腰部以下为鱼形，他有一只大海螺，海神命他吹起，海上便风平浪静。

③ 本诗头两行来自英国诗人锡德尼（1554—1586）的《爱星者和星星》十四行组诗第31首。

快快的修女才像你这样行动——
她们平时的呼吸是忍下的"唉"。
北风为唤你去参加狩猎竞赛,
今夜准吹起号角。默林的神功①
如果我有,月亮女神哪!我要让
云立即给撕碎,让所有的星斗
立刻冲出来,在清澈的蓝天上
闪闪发光,来做陪伴你的朋友;
可辛西娅!棕榈枝该归你所有,②
因为论美丽和高尚,你是女皇。

1802年5月?—1804年3月?

"船舶远远近近散布在海面上"

船舶远远近近散布在海面上,
像天上的星,使海面显得高兴;
有的在港外锚地已把锚下定,
有的不知为什么在近驶远航。
这时我发现有条船真是漂亮——
从宽阔的港口驶来,像是巨人
精力充沛地沿海湾大步行进——
装备既齐全,索具又十分精良。

---

① 默林为传说中的预言家和魔法家。
② 辛西娅为月神名,她又是狩猎女神;棕榈枝常用来象征胜利。

这船与我无关,我对她也无涉,
却在以恋人的目光追着她看;
我爱这船胜于爱所有其他的:
她驶向哪里?什么时候才回转?
她不肯停留,她帆后准有风儿,
所以她继续航行,朝着正北面。

1802年5月?—1804年3月?

有感于威尼斯共和国的覆亡[①]

威尼斯一度拥有绚丽的东方,
也曾护卫过西方;她出身高雅,[②]
而具有的价值不在出身之下;
她是自由生下的第一个姑娘。[③]
这城市像个处女,自在而开朗;
暴力不能够侵犯,狡诈难引诱;

[①] 威尼斯在公元997年成为独立国家后发展很快,13世纪时它买下克里特岛,15世纪时它征服塞浦路斯和希腊部分岛屿。为维护其商业统治地位,它强大的海军多次与热内亚、土耳其等国作战。1797年,威尼斯被拿破仑占领,遭到肢解,领土被并入奥地利等国。

[②] 在其全盛时期的15世纪,威尼斯是对东方贸易的中心,又是抵御土耳其入侵欧洲的堡垒。

[③] 公元697年,为了躲避阿提拉的匈奴军队侵袭,意大利北部城镇的居民逃到亚得里亚海北部一群小岛上。那里安定的环境和人们的辛勤工作,为威尼斯共和国日后在这里形成奠定基础。

每当她要为自己找一位配偶,
她嫁的准是茫茫无际的海洋。①
即便她见到自己的荣誉消逝、
名号丧失和力量败亡又怎样;
可在她悠久的生命结束之时,
人们总会把遗憾的心情奉上:
一度伟大的她连影子也消失,
我们作为人不能不感到悲伤。

1802年5月?—1807年2月?

"太阳早已下山"

太阳早已下山,
星星三三两两。
在树丛和林间,
小鸟还在高唱;
这里是一两只画眉杜鹃,
远处是晚风吹拂的声响,
还有那湍急流水的潺潺;
那杜鹃的绝妙叫唤,
已把整个天穹充满。

---

① 公元998年,亚得里亚海北部的海盗已被肃清,威尼斯总督称威尼斯为该海域的保护者。作为象征,此后每年的耶稣升天节(复活节后四十天的第一个星期四),威尼斯总督把一个金指环投入海水,算是庆贺威尼斯与亚得里亚海联姻。大约在1170年后,庆祝仪式非常盛大。

在这样一个六月的夜晚，
有美丽的半月洒着柔光，
有这一派纯真的喜洋洋，
谁会去伦敦"街头闲逛"？①
谁会去参加"假面舞会"？②
　在这样的一个晚上！

1802年6月

在威斯敏斯特桥上

一八〇二年九月三日

世上没别的能比这更加美丽：
要是谁竟能忽视这动人美景，
那么，这人真有个迟钝的性灵；
现在，美丽的清晓像一袭晨衣
笼罩这都会；静谧而一览无遗——③
船舶塔楼，剧场教堂和圆屋顶，
从野外和高处望去——分明，
在无烟无雾的明朗空中闪熠。
太阳从没用它那华美的初照

---

①② 语出彭斯1780年诗作《两条狗》。

③ 据诗人自己对友人解释，"晨衣"指的是清晓的阳光，"一览无遗"指的是空气中没有烟霭，因此两者之间并不矛盾。

把山岭、山谷、岩石染得更艳丽，
这种宁静我从未见到或感到！
泰晤士河自由自在轻快流去：
上帝啊，房屋看来还都在睡觉；
这颗强大的心脏正躺着歇息！

1802年7月？—9月？

作于加莱附近的海滨

一八〇二年八月

美丽的晚星！西天因你而辉煌！
你是我祖国之星！低挂在天边，
像要沉入英格兰的胸怀中间；
可是，你又很乐于歇在那地方，
作为光辉的顶饰悬在她头上，
让万国看见。你呀，依我之见，
该是祖国的标志；该带着笑靥，
明亮的星啊！闪烁在她旗帜上。
瞧那里！你下面黑魆魆的一块，
那是英格兰；她就躺卧在那里。
但愿你俩有同样的希望、光彩、
命运和生涯！我为亲爱的祖国
有着多少愁思和由衷的叹息，

却在并不爱她的人们中耽搁。

1802年8月

"这是美好的黄昏，宁静而晴朗"

这是美好的黄昏，宁静而晴朗；
神圣的时刻恬静得犹如修女——
是崇拜之情使得她凝神屏息；
巨大的落日平静地缓缓下降；
海面上的天穹显得温和慈祥——
你听啊！这一片汪洋已经苏醒，
现在，正以它恒久不息的运行
发出永无休止的雷鸣般声响。
同我在此漫步的亲爱的孩子！[①]
看来虽没有为庄严思想所动，
神圣的天性却不因此欠灵悟。
你整年躺在亚伯拉罕的怀里，[②]
在那神殿的内堂里崇拜天主——
我们还不知道他已在你心中。

1802年8月

[①] 这位姑娘的名字是卡罗琳，是诗人与他早先的法国情人安妮特·伐隆生的女儿，当时已10岁。

[②] 典出《新约全书·路加福音》第16章第22节："后来那讨饭的死了，被天使带去放在亚伯拉罕的怀里。"意为：灵魂注定要去天堂的人，死后就得以安息。

致杜桑·卢维杜尔[①]

杜桑,人们中就数你最为不幸!
无论你听得到农夫吹着口哨
在犁田,或者被关在幽深地牢——
躺在那样的地方,声音传不进;
苦恼的首领!你哪来这份耐心,
但是你别死;哪怕给上了镣铐,
你的眉目间偏偏要露出微笑。
虽然你本人栽倒,难以再起身,
仍该安心活着。你留下的力量
将为你工作;看天空、大地、空气;
连一阵微风也不会把你遗忘;
你有伟大的盟友同你在一起;
而你的朋友则是痛苦和得意,
是爱和人类不可征服的思想。[②]

1802年8月

[①] 1743年出生于海地黑奴家庭,本人也曾是奴隶。1801年至1802年间是海地总统。由于他反对法国统治及拿破仑要在海地恢复奴隶制的做法,被囚禁于法国,死于1803年。

[②] "不可征服的思想",语出英国诗人格雷作品《诗歌的进程》。

伦敦,一八〇二

弥尔顿,此刻你应该活在世上,①
因为英格兰需要你;她可真是
一潭子死水:祭坛、刀剑以及笔,
家庭和豪奢富丽的厅堂、闺房,
已使英格兰祖传的内心欢畅
丧失殆尽。我们这些人很自私;
回我们这里来吧,把我们拉起;
给我们德行、礼数、自由和力量。
你的精神像一颗遥远的星星,
你崇高的说话声音像是大海,
像无云的晴空壮丽而又自在;
你这样沿着通常的生活旅途
愉快而虔诚地走去;而你的心
却还把最最平凡的义务担负。

1802 年 9 月?

---

① 弥尔顿(1608—1674)是英国伟大诗人兼政论作家,一生为反对专制而战。华兹华斯在诗中希望有弥尔顿来改变英国"一潭子死水"的现状。

写于伦敦,一八〇二年九月[①]

朋友,我不知道去哪里找恬适,
因为,实际上我已被逼得认为:
加于我们现在生活上的点缀
是炫耀;有如工匠、马夫或厨师
的小手艺!我们得像闪闪小河
在阳光下流淌,要不就算不幸;
我们中最富有的人才算最行——
现在,大自然和书本中的美色
难使人快乐。劫掠、贪婪、浪费
才是我们景仰和崇拜的偶像;
全完了:简朴生活和高尚思想、
心灵的平和、对做错事的恐惧、
古老而正确目标中的朴素美
以及表达出基本律法的信仰。

1802年9月?

[①] 作者写本诗时刚从法国返英,见过法国革命后的情况,再看英国社会的浮华虚荣,感触尤深。

"修女不会因修院的斗室愁闷"

修女不会因修院的斗室愁闷；
沉思默想的学者对他的据点，
隐士对他的陋屋都意足心满；
手摇纺车的姑娘，操织机的人
高兴地坐着；找寻花朵的蜜蜂，
能够飞到弗尼斯山最高山巅，[①]
却久久嗡嗡在毛地黄的花间：
真的，倘我们自己把牢房选中，
那就不是牢房。所以就我而言，
束缚在十四行的狭小范围里
却是种消遣，任心绪各时不一；
谁如果对过于自由感到厌烦
（这种人准有），只要他们情愿，
该随我去那里找找短暂慰藉。

    1802年？

---

① 弗尼斯山是位于温德米尔湖西面的小山脉。

作于某城堡①

堕落的道格拉斯！下贱的爵爷！②
恶毒的心思居然能使他高兴；
他有爱破坏的名声，这个毛病
使他下令把一片好树林消灭。
古老的树木遇上了这种浩劫，
剩下年代久远的城堡、圆屋顶
便像遭了抢而显得零落凄清！
多少颗心为古树的厄运悲切——
至今行人还常常痛苦地止步，
凝望那一场暴行留下的景象；
可看来大自然却不怎么注意：
因为幽角、河湾、不露天的地方、
缓缓的特威德河、美好的山地、
宁静的绿色牧场都依然如故。

1803年9月？

---

① 指坐落在皮布尔斯城（苏格兰）附近的尼德帕斯城堡。

② 指第四代昆斯伯里公爵威廉·道格拉斯（William Douglas，1724—1810）。他热衷于赛马、拳击，生活极为放荡。据说，他为了与自己的继承人作对（一说是为了替私生女筹措嫁妆），下令把他苏格兰封地上的古老林木砍光。结果，特威德河两岸风景如画的峡谷变得一片光秃，大为逊色。

致一位高地姑娘

（于洛蒙德湖边的因维尔斯内德）

艳丽可爱的高原上姑娘，
你的美是你人间的嫁妆！
十四度勠力同心的春秋，
赐给你的恩惠绝顶丰厚——
还有这灰岩石，绿草庭院，
这些树像面纱半遮半掩；
这寂静无声的湖水近旁，
一泻而下的瀑布的声响；
这小湾和这僻静的小路，
它呀把你住的地方掩护——
你同这一切，可实在像是
在梦境里面形成的东西——
当尘俗的牵念一旦入眠，
这种形象便从幽处出现！
可是我要，漂亮的人儿呀！
在这明亮的普通阳光下
祝福你；尽管你绝顶美丽，
我仍以常人的心祝福你：
愿你的一生有上帝保佑！
我不认识你和你的朋友，
但我的泪水仍照样迸流。

在我远去以后我还是要
情真意切地为你而祈祷；
因为我从没在任何脸上

这样清楚地看见了善良，
看到在纯洁无邪本性上
成熟了起来的朴实思想。
你像是一颗散落的种子，
远离着充满男子的尘世，
无须有难堪的窘态腼腆，
无须像姑娘家羞惭满面。
你那光滑洁净的额头上，
显出山里人的坦率豪放。
你一脸高高兴兴的样子，
盈盈微笑里充满着善意；
你处处显示出端庄大方，
彬彬有礼的举止也得当；
你显得无拘又无束，只是
你急于表达的那些心思
泉水般地涌来，而你无法
用你那几个英语词表达。
对这束缚你忍了，这困难
更使你手势生动又好看！
我曾怀同样感动的心情
看那些喜欢风暴的飞禽——
它们也这样迎着风前进。

像你这样的美好和艳丽，
谁不愿意采个花环给你？
在遍地石南的小山谷里，
学你简朴地过活和穿衣；
你是牧羊女，在你的身旁，
哎呀，做个牧羊人多欢畅！
可我能想出对你的愿望——
它就像严肃的现实一样；

我看，你就像汹涌大海里
一朵浪花；尽管我只是你
普通的邻人，要是你同意，
我有点请求可要向你提。
看着你、听着你，多么欢畅！
我呀，真愿意做你的兄长——
做你爸爸什么的也不妨！

感谢上苍！凭它的恩典，
我被带到这幽僻的地点；
我感到欢乐；离开的时候
我也满载着此行的报酬。
我们珍视对此地的回忆，
觉得这回忆似乎有视力：
那我为什么又不愿别离？
我感到这地方值得回忆；
像往常一样，它让我高兴，
又让这感情陪伴我一生。
可爱的高地姑娘！我尽管
见你而高兴，告别也无憾；
因为我想，我哪怕在老年，
同这一样的美景会永远
浮现在我眼前：这座小屋、
这小湖、这小湾、这道瀑布
和你，这里一切的主心骨。

  1803年10月？—1804年3月？

未访亚罗①

从斯特林城堡我们看到②
　蜿蜒的福斯摊面前；③
踏过克莱德、特伊的河岸，④
　又沿特威德一路玩；⑤
当我们来到克洛文福时，⑥
　动人的伴侣开口说：⑦
"不管怎么样要换个走向，
　要去看亚罗的陡坡。"

---

① 亚罗为苏格兰南部小河，全长15英里左右，在塞尔扣克市西南约两英里处与埃屈克河汇流。它与位于其南面的梯维特河都是特威德河的支流。

② 斯特林为苏格兰自治市之一，是斯特林郡的郡治，位于苏格兰中部，濒福斯河，距格拉斯哥约22英里。该市为苏格兰最古老城市之一，市内有斯特林城堡，是风格别致的建筑群。它坐落在悬崖峭壁之上，俯瞰斯特林市和班诺克伯恩平原。古代的苏格兰国王常在这里居住，但在苏格兰与英格兰的历次战争中几经易手。

③ 福斯河位于苏格兰中部，流经帕思郡和斯特林郡，在福斯湾进入北海，全长约65英里。

④ 克莱德河位于苏格兰南部，流经格拉斯哥等地，在克莱德湾入海，沿途有四处瀑布。特伊河一译泰河，位于苏格兰中部，为苏格兰境内最长的河。

⑤ 特威德河在苏格兰南部和英格兰东北部，注入北海，全长约97英里。

⑥ 克洛文福为镇名，位于连接皮布尔斯和加拉希尔斯两个城市的道路上，通向塞尔扣克和通向亚罗的路在此分开。皮布尔斯为皮布尔斯郡的郡治，是自治市，该市沿特威德河，在爱丁堡以南20英里左右，有一些著名古堡。加拉希尔斯为塞尔扣克郡内的自治市，沿盖拉河而筑，距特威德河不远。1812年到1832年间名作家司各特居住在这里。

⑦ "动人的伴侣"语出威廉·汉密尔顿（William Hamilton, 1704—1754）的歌谣《亚罗河两岸的陡坡》，这里指诗人的妹妹多萝西。

"来塞尔扣克的亚罗百姓,[①]
　　为的是要来做生意,
让他们去回自己的亚罗,
　　让姑娘各自回家里!
任苍鹭在亚罗河边觅食,
　　任兔子打洞或蹲伏,
我们要沿着特威德而下,
　　用不着拐弯去亚罗。

"盖拉、利德尔的河滩草地[②]
　　全在我们的正前方,
还有,德莱堡那里的红雀[③]
　　在同特威德一起唱;
还有可人的梯维特河谷——
　　犁耙垦出的好地方。
为什么白花掉一天时间,
　　把那么条亚罗探访?

"亚罗是什么?光光一条河
　　在黑魆魆山下流淌。
说到能引你惊叹的景致,
　　有成千个这种地方。"
这怪话听来充满了轻蔑;

---

① 塞尔扣克是苏格兰南部自治市,塞尔扣克郡的郡治,坐落在特威德河支流埃屈克河旁,在加拉希尔斯以南5英里左右。亚罗河位于塞尔扣克郡境内,该郡以前为大片森林所覆盖,有皇家猎场。

② 盖拉河为特威德河支流,位于该河之北;亚罗河也是特威德河支流,但在该河之南。《利德尔河滩草地》也是以亚罗河为题材的歌谣,本诗中个别句子出自该谣。

③ 德莱堡为特威德河畔城市,在塞尔扣克和加拉希尔斯以东不远。该地有古代著名寺院遗迹等名胜及司各特之墓。

妹妹叹口气，很难过；
她盯看我的脸，准是在想，
　　我怎能这样说亚罗！

我说："亚罗的河滩恁葱绿，
　　亚罗的流水恁可爱！
岩崖边挂的苹果再鲜艳，①
　　我们不去看不去摘。
踏着山间路和空旷山谷，
　　我们在苏格兰游荡；
尽管亚罗的溪谷离得近，
　　我们也不去那地方。

"让家养的菜牛、母牛分享
　　本米尔草原的芬芳；②
任天鹅游在圣玛丽湖上——③
　　让它们和倒影成双！
今天明天都不去看这些——
　　我们也不朝那里走；
只要知道有亚罗这地方
　　对我们就已经足够。
"还是别去看亚罗的流水，
　　看了倒不免要懊恼——
我们的心里有它的图景，
　　为什么把它破坏掉？
多年来珍藏在心头的梦
　　动人的伴侣，要藏好！

---

① 这一行也出自汉密尔顿的歌谣。
② 本米尔为《利德尔河滩草地》中出现的地名。
③ 圣玛丽湖在塞尔扣克郡，亚罗河流经此湖。

因为一到过亚罗，它虽美，
　　　　不会是心中那一条！

"当霜雪的岁月带来烦恼，
　　当漫游似乎是蠢事；
当我们既懒得走出家门，
　　但是又感到很抑郁；
当生活单调，情绪又低沉，
　　抚慰我们的是亚罗——
世上还有它美好的河滩
　　我们还从来没见过！"

1803年10月？—1804年3月？

"一开始她是欢乐的精灵"[①]

一开始是欢乐的精灵，
那时候她刚照亮我眼睛：
把她那倩影给我们送来，
是让世界添片刻的光彩；
她眼睛像傍晚时的星光，
黝黑的头发像傍晚一样；
可是她所有其他的一切，
都来自清晨和五月时节；
欢快的形象、舞动的丽影，

[①] "她"是同诗人结婚刚一年多的玛丽·赫钦森。

会隐伏惑人，能令人吃惊。

我靠近了一些把她注视：
她是个精灵，也是位女子！
在屋里她动作利落活灵，
步态里带着处女的轻盈；
她面容把美好往事记录，
也预示同样美好的前途；
她不是超凡入圣的生灵，
每天也需要人性的食品——
要赞扬、责怪或施点小计，
要哭笑爱吻，会时忧时喜。

现在我变得平静的眼睛
看到她经脉的搏动运行；
她既有呼吸也善于思想，
也同样得由生走向死亡；
她克己恤人，能思索忍让，
为人灵巧，有眼光有力量；
这天造地设的完美女子
给人以警告、安慰和指示；
但她仍是天使般的精灵，
灵光把她照得一片光明。

1803 年 10 月？—1804 年 3 月？

小小燕子花①

有种花,我们叫它小小燕子花,
它怕雨怕冷,就像许多花一样;
但是,只要太阳刚把脸露一下,
它又会开放,明艳得犹如太阳。②

当一阵阵的冰雹从天上打来,
当狂风叫林木绿野一片凄凉,
我常见它缩拢起来避免伤害——
严严地护住自己,像休息一样。

最近一个风雨天,我走过这花;
它模样虽有异,我却认了出来——
它竖立在那儿,任凭狂风吹打,
像个牺牲呈献于暴风雨祭台。

我停住脚步,心中在喃喃自语:
"这不是它勇敢、不是它有志向;
它不爱寒冷,也不想招风惹雨;
而是因为它老了,不得不这样。

---

① 华兹华斯写过三首有关燕子花的诗,这是其中之一。"燕子花"实际上是一种开黄花的玄参,俗名白屈菜,叫它燕子花,是因为人们认为它在燕子来时开花,在燕子去时凋落。

② 这花有个特点,会根据光线的明暗和空气的温度闭合或开放。

"阳光和露水难使它含笑盈盈；
它已经无能为力，因为已枯凋；
于是色褪又香消，枝叶就僵硬。"
郁闷中，我为它的变老而微笑。

瞧我们命运：先是得宠于浪子，
然后苦得很，养老得依靠财迷！
人哪！年岁从你焕发的青春里
取走的，只能是青春不要的东西！

1803年？—1804年3月？

天职颂①

不仅是由于有意行善，而且也由于训练得形成了习惯，我不但能正确地行动，而且非这样行动不可。②

上帝之声的严峻的千金！③
天职啊，如果你爱这名字——
你是盏明灯把我们指引，

---

① 本诗格律模仿诗人格雷（1716—1771）的《逆境赞》（又译《逆境颂》）。

② 华兹华斯原作中的这段拉丁语引文来自罗马哲学家、悲剧作家塞内加（公元前4—公元65）《论道德的书简》。

③ 在这里，诗人以"上帝之声"喻"良知"，而"天职"由于是"良知"的产物，因此被称为"上帝之声"的千金。

是约束、责难谬误的棍子；
　　当恐怖惊骇在虚张声势，
　　身兼着胜利和律法的你，
　　会让人远离浮华的诱惑；
会平息脆弱人性中那种乏味的冲突！

　　有些人并不问问：你眼睛
　　可盯着他们？在无忧虑的
　　挚爱和真情中，他们只凭
　　年轻人的亲切感情行事，
　　他们欢愉的心没有污斑，
　　行着你的事而不知这点：
　　他们如果因误信而失败，
令人敬畏的你呀！请伸手救他们起来。

　　我们的日子将宁静光明，
　　我们的性情将愉快高兴，
　　只要爱是不出错的明灯，
　　只要欢乐能把自身保证。
　　即使是眼前，有些人也能
　　极幸福：他们明智而审慎，
　　生活在这信条的精神里，
还依照其需要，寻求着你的有力支持。

　　我热爱自由，但未经考验；
　　虽没有被乱风任意播弄，
　　却因为自己引自己向前，
　　曾经盲目地把信仰轻送。
　　可当你的命令及时响起
　　在我心中，我常把事搁置，
　　而去较平坦的路上漫游；

可现在，我尽量要对你的话一丝不苟。
不是由于灵魂上的忧虑，
不是由于良心上的责备，
而是以平心静气的思绪，
我祈求由你来把我支配。
这绝对的自由我却嫌弃，
我感到随心所欲的压力：
我的希望无须再改名称，
我渴望着一种永远永远不变的安宁。①

严峻的立法者！可你有着
神性最慈祥的宽厚恩惠；
我们不知道，世上的什么
有你脸上的微笑那样美。
花坛上的花在你面前笑，
馨香从你的落脚处飞飘；
你呀，使星星不越出轨道，
最古老的天空也因你而显得新鲜牢靠。②

你的力量叫人畏惧崇敬！
请做一点小事吧：现在起，
我把自己交托给你指引；
啊，让我的软弱到此为止！
我生来就有卑下的聪明——③
请给我自我牺牲的精神，

---

① 这一节和下一节之间本来还有一节诗，但1807年之后被作者删去。

② 诗人在这里把道德上的守则和支配星球运动的法则相提并论。在他之前，德国哲学家康德（1724—1804）有这样的名言："有两件事物使人的心中充满永远新鲜而且越来越强烈的赞叹和敬畏之情……头上的星空和内心的道德准则。"

③ "卑下的聪明"，语出弥尔顿《失乐园》。

请把对理性的信任给我,①
让我根据真理、作为你的奴隶而生活!

1804年3月?—1806年12月?

劝　诫

本诗是特地写给某些人细读的,他们在湖区时,也许碰巧迷上了某个美丽而幽静的地方。

你就停步吧,闪烁的双眼盯住!——
僻静的环境护着的可爱小房
使你深受感动;它还有小牧场、
自己的清溪,像是独有的天幕!
可是别渴慕地看着这个住处——
别叹息,别像其他许多人一样;
闯入的人会从大自然的书上
把珍贵的这页撕下。真是亵渎——
你想,如果这是你的家又怎样?
尽管是你的,而你又不缺什么!
这屋顶、门窗和花是给穷人的,
这玫瑰献给它们缠绕的门廊。
是啊,凡现在使你着迷的一切,
从你插手的日子起就将消失!

1804年3月?—1807年4月?

---

① "对理性的信任",语出塞缪尔·约翰逊《艾迪生的生平》。

"我独自游荡,像一朵孤云"

我独自游荡,像一朵孤云
高高地飞越峡谷和山巅;
忽然我望见密密的一群,
那是一大片金黄色水仙;
它们在那湖边的树荫里,
在阵阵微风中舞姿飘逸。

像银河的繁星连绵不断,
辉映着夜空,时暗又时亮;
水仙就沿着那整个湖湾,
望不到尽头地伸向前方;
我一眼望去便看到万千——
在欢舞中把头点了又点。

闪亮的水波在一旁欢舞,
但水仙比水波舞得更欢;
同这样快活的朋友相处,
诗人的心灵被欢乐充满;
我看了又看,当时没领悟
这景象给了我什么财富。

因为有时候我心绪茫然
或冥思苦想地躺在榻上,
这水仙会在我眼前闪现,

把孤寂的我带进极乐乡——①
这时我的心便充满欢欣,
并随着那水仙舞个不停。

1804年3月?—1807年4月?

紫杉树②

有棵紫杉,是劳屯山谷里的宝。
至今,它还是像从前那样独自
挺立在自己的郁郁葱葱之中。
对于将朝苏格兰荒原进发的
恩法维和帕西大军,对于渡海③
去阿辛古(或更早些的克雷西
或波瓦蒂耶)拉开铮铮硬弓的④
人们,它毫不吝惜地提供武器。
这孤独的树周边极大,树下是
深深的幽暗!这一棵活树长得
实在慢,慢得永远也不会衰朽;

---

① 上一行与本行为华兹华斯夫人所作。华兹华斯认为这是全诗中最精彩的两行,但柯尔律治不以为然,认为这是一种心理上的浮夸。

② 紫杉是常绿树,古代常用这种树木做弓。有人认为,本诗提到的中世纪晚期对苏格兰和对法兰西的战争中,英格兰因为用这种木料做弓而获胜。

③ 可能是罗伯特·德·恩法维(Robert de Umfraville, 1277—1325)和亨利·帕西爵士(Henry Percy, 1364—1403),他们都曾与苏格兰人作战。

④ 阿辛古、克雷西和波瓦蒂耶为百年战争中的三次激战。

它的形状和态势确实美,美得
不会被破坏。但更值得注意的,
是波罗谷里那兄弟般的四棵,
它们聚成大片黑森森的树丛;
多粗的树干!而每个树干都是
向上盘旋并且纠缠在一起的
纤维,缠得年深月久;它构成
种种离奇图像,样子叫亵渎者
恐怖;这是树干支起的大树荫,
荫下寸草不长的红棕色地上——
给常年的枯萎落叶染成这样——
像是为了欢庆,深褐色的枝干
缀着人见了未必高兴的浆果,
中午时分,幽灵般的各种形象[①]
可能在这个地方相会:恐惧和
颤抖的希望,寂静和预见,死神
的骷髅和时光之影,都在一起
做着礼拜;而那些树下就像是
天然神殿,块块散落的青苔石
便是庄严静穆的圣坛;要不就
全都在那里静静地躺着休息,
倾听着山泉潺潺的声响发自
格拉勒马拉最最幽深的洞穴。[②]

　　1804年9月?—1814年10月

[①] 指这些形象在诗人眼中所体现的"恐惧和颤抖的希望"等。
[②] 格拉勒马拉为湖区波罗山谷处的山名。

忠　诚

牧羊人听见一阵吠叫声，
像是狗又像是狐狸在叫；
他停下脚步，搜索的眼光
　在零落乱石中寻找。
这时他看到远处的石松，
觉得那里有东西在活动；
接着，很快出现了一条狗——
从那绿色的深处探出头。

这条狗不是山区里的种，
看它的动作既野又惊慌；
而在牧羊人的耳朵听来，
　它叫声中有点异样。
这里，人影儿一个也没有，
不管他朝山脚望、山顶瞅；
他也没听见呼哨或叫喊——
那狗在这里有什么要干？

这里是巨大的山凹，里面，
十二月的雪六月还不化；
这里有一片静静的小湖，
　前面是高高的悬崖。
它位于海尔威林山中间，
离大路和山区人家很远；
也远离小径、耕地、牧场，
远离人留下痕迹的地方。

有时候小湖里鱼的跳跃
使沉寂的山凹有点欢声,
巉岩应着乌鸦的呱呱叫,
　也在做严肃的和鸣。
那里也有彩虹来云雾来,
雾像飘飞的裹尸布铺开;
还有阳光和风声的呼啸——
这风本该急急地掠过去,
但那高大的屏障不准许。①

一时间牧羊人站着没动,
颇有点预兆不祥的思绪;
接着他尽快地跟着那狗,
　在山岩碎石上走去。
还没走多远他已经发现
一副人的骨架横在地面;
吃惊的牧羊人吁了口气,
环顾四周,想弄清这件事。

一处处山岩陡峭又险峻——
他从那可怕地方摔下来!
牧羊人的心头突然一亮——
　这事情已完全明白。
立刻他想起那人的名字——
想起他是谁、是何方人士;
他也记起了是在哪一天
这个出门人来这山里面。

听听奇迹吧;正是这缘故

---

① 本诗中只有这节诗为九行;本节原作的末三行押一个韵,但译文未做到这点。

我才说了这可悲的故事!
这奇迹,值得好好写一篇
　　传下去的纪念文字。
怯生生一遍遍叫着的狗,
依然在那左近徘徊逗留;
它已经有三个月的时光
待在那冷落荒凉的地方。

是啊,很容易就可以证明:
自从不幸的出门人遇难,
这狗就守望在这处地方,
　　就守在它主人身边。
上帝知道,这么久怎么挨,
因为他给了那崇高的爱,
也给了感情巨大的力量——
大得超过了人们的想象!

　　1805 年 8 月?—11 月?

孤独的收割人

看哪,那孤独的高地姑娘——
形单影只地在那田野里!
她独自收割,她独自歌唱。
　　停下吧,或悄悄离去!
她孤零零地割着和捆着,

边干活边唱着哀伤的歌;
听啊!这个幽深的山谷中
现在已充溢着她的歌声。

旅行在阿拉伯沙漠的人,
疲乏地歇息在荫凉地方;
夜莺的歌受他们的欢迎,
　却比不上这种歌唱;
春天里,杜鹃一声声号啼
在最远的赫布里底响起,①
打破群岛间海上的寂静,
但不如这歌声激动人心。

谁能告诉我她唱什么诗?
也许这哀哀不绝的歌声
在唱早已过去的辛酸事
　或很久以前的战争;
要不,她在唱通俗的小曲——
唱如今人们熟悉的东西?
或者是痛苦、丧失和悲哀?——
它们曾发生,还可能重来。

不管这姑娘唱的是什么,
她的歌却好像不会终了;
我看她一边唱一边干活,
　看她弯着腰使镰刀;
我一动不动默默听她唱。
后来我走上了前面山冈,
她的歌我虽再也听不见,

---

① 群岛名,分内赫布里底群岛和外赫布里底群岛,远在苏格兰西北方的大西洋中。

那曲调却久久留在心间。

1805 年 11 月？

哀 歌

观乔治·博蒙特爵士所作之画①《暴风雨中的皮尔城堡》有感

夏日里，我在望得见你的地方②
住了四星期，粗犷坚固的城堡！
每天看见你这个邻居，而你呀，
总是在玻璃似的海面上睡觉。

天是如此蓝，气氛是如此宁静！
每一天，这景象都如此地相似！
我看时，你的形象总是在那里
微微颤动，但永远也不会消失。

多么完美的安静，却不是沉睡，
不是随季节来去的情绪产物；
那时，我差点以为浩瀚的海洋
是这世界上最为温柔的事物。

---

① 乔治·博蒙特为英国议员及风景画家，华兹华斯常住在他那里。他为兰开郡北部一岛上的皮尔城堡作过两幅画，其中一幅送给了华兹华斯夫人。

② 1794年夏，诗人曾住在离皮尔城堡不远的兰普塞德。

啊，要是这幅画出自于我的手，
既画出我眼中之景，而且补进
陆地和海洋从来没有的光彩、
那样的超凡入圣和诗人的梦——

你这灰白色城堡啊，那我就要
把你放进完全不同的环境里！
让你在微笑不止的大海旁边，
上下是至福长天和宁静土地。

你会像和平岁月的神圣宝库，
会像记录天堂景物的书一册；
在世上有过的各种阳光里面，
要数你所沐浴着的最为柔和。

那幅画将永远给人悠闲之感，
静得像乐土，没有操劳和斗争；
除了作为无声大自然呼吸的
微风和来往潮汐，没其他动静。

心中充满了虚无缥缈的想象，
那时的我会画出这样的图景；
我会到处都看到真理的精髓，
那是永远不会被破坏的安宁。

虽然一度如此，如今却变了样，
一种新东西控制了我的理念；
一种力量已消逝，无法再恢复，

极度悲伤使我的灵魂回人间。①

现在我再也看不到微笑的海，
再也没有一刻是往常的自己；
我怅然若失的感觉永远新鲜——
我知道，这话我说得冷静理智。

博蒙特朋友！我为之哀痛的人②
若仍在世上，你一定是他朋友；
你这画我并不批评，却要夸奖：
因为海翻着怒涛，岸显得忧愁。

画洋溢激情，画作得聪明得体，
这里的精神经过很好的挑选；
凶险浪涛上死死挣扎的船体，
这沮丧的天、惊心动魄的场面！

雄伟的城堡在这里庄严屹立，
我爱看它那无所畏惧的神气——
披挂着古代冷酷无情的甲胄——
同闪电、劲风和滔滔波浪搏击。

再见啦再见，你这孤独的心啊，
远离人寰的梦境已把你蒙住！
这样的高兴无论发生在哪里
都显得可怜，因为这确实盲目。

---

① "极度悲伤"，同上一行中的意思一样，指诗人做船员的弟弟约翰于1805年2月6日因船失事而溺死。

② 这人是指诗人的弟弟约翰。

但要欢迎坚忍、有节制的喜悦，
要欢迎必须忍受的常见景象！
那也许比我眼前的景象还糟——
因为痛苦和悲伤中仍抱希望。①

1806年5月？—6月？

"对，这是山峦的深沉回声"

对，这是山峦的深沉回声，
　　这回声清晰又孤独，
正在一声对一声地答应——
　　答应着杜鹃的叫唤！

对于叫唤不休的漫游者
　　这不是求来的回答；
就像是杜鹃在平时叫着——
　　是像，却多么不同啊！

这个不也是人生听到的？
　　不用用头脑的我们
是愚行、爱和争斗的奴隶——
　　不是也听到两种音？

---

① 原作诗节的韵式为abab，但译文只做到xaxa。

不也有两种?是听到答应,
　　但不知道来自哪里;
是来自坟墓彼岸的回声,
　　是能辨分明的信息。

有时,我们的内心能听见
　　这些远处来的回声——
听吧,想吧,把这珍藏心间,
　　因为这来自于神明。

1806 年 6 月

水　鸟

"请允许我借助于诗句,来描绘冬末晴日里这些候鸟有时做出的飞翔动作。"

——摘自诗人的《湖区指南》

瞧那些满身羽毛的水上住客,
它们的动作看起来未必不如
天使的优美;现在它们还在做
稀奇的消遣!半空里画出一个
(有时奋发向上的翅膀使它们
在那山尖峰巅的高度上翱翔)
比下面湖面,比它们这块领地
还要大的圆圈;可是就在专心

初画和重描那个大圆圈之时，
它们欢天喜地的活动演化出
千百种来来往往、上上下下的
弧线和小回环；飞行错综复杂，
却并不乱成一团，似乎有神灵
左右着它们不倦的奋飞。停了——
我不止十次地以为已经停止；
可看哪！那消失了的鸟群重新
冲天而起：来了，扑翅膀的声音
先隐隐约约，接着急急的声响
一掠而过，又归于隐约！它们
逗引阳光在它们毛羽间玩耍；
逗引水面或微微耀光的冰面，
显示自己美好的形象；当它们
快要擦到湖面，它们和它们的
倩影落在微光闪闪的平面上
更显得柔和美好；接着又高飞——
它们一冲而起，快得像光一闪，
就像是鄙视栖息之所和栖息。

1806年6月？—9月？

诗 行

写于格拉斯米尔,当时笔者正在风雨大作了一天之后的黄昏中漫步,而且刚从报章获悉:福克斯先生已命在旦夕。①

山谷一片喧响!在风雨后,
山谷以这声音高声发言,
千涧和百溪汇成了激流!
　溪流声也响成一片!
山谷一片喧响,这宁静的
内陆深处咆哮得像海洋;
那边的星星静静地谛听——
　在那座山的山顶上。

我伤心,甚至感受到痛苦——
心头压着难排解的重负!
那**慰藉者**知道我在这里——
　走着这一条荒僻路。

万千的人们现在正伤心,
等着担心的事化为现实;
因为他们的支柱将死去,
　他们的明珠将消失。

一位巨人正离开这地球,

---

① 查尔斯·詹姆斯·福克斯(1749—1806)为英国政治家、史学家。他同情法国革命,在政治和外交方面提出过不少人道主义改革,是英国自由主义者的先驱。华兹华斯和他曾有交往,对他评价颇高。

去大自然的死亡黑深渊,
但是,伟人和好人的去世
无非都说明了一点:

就是说,由上帝派来的人
又一次回到上帝的怀中,
这样的潮涨潮落既永存,
那我们又为何哀痛?

1806年9月?

一个英国人有感于瑞士的屈服①

有两个呼叫声:一个来自山岭,
一个来自大海,都非常强有力。②
你一直为这两者而感到欣喜,
自由女神哪,这是你选的乐音!③
来了暴君,你满怀激情地对他④
进行了神圣斗争,但结果失败,

---

① 1798年,瑞士联邦内部因为有法国军队支持的叛乱势力而分裂。1802年,拿破仑在瑞士扶植起与法国结盟的新政府,这即是"瑞士的屈服",并使英国成为欧洲唯一的自由国家。柯尔律治认为本诗是最卓越的十四行诗之一,作者本人也认为这是他写得最好的一首。

② "山岭"喻山地国家瑞士;"大海"喻海洋国家英国。

③ 在华兹华斯看来,瑞士和英国是欧洲的两个自由国家。

④ "暴君"指拿破仑,他使瑞士屈服后,瑞士便丧失了自由。

从阿尔卑斯据点被赶了下来,
没听见那里激流的不满喊喳。
你耳朵失去了一种巨大幸福;
你呀,你得把依旧存在的护住——
灵魂高尚的女神哪,因为要是
山中激流的轰鸣同以前一样,
海涛撞碎在岩岸上仍发巨响,
不闻这两种庄严声音多可惜!

1806年10月?—1807年2月?

一八〇六年十一月

又是一年!又一次致命的打击!
又一个强大帝国已经被打败!①
我们已经,或将要被孤立起来——
只剩下我们,敢于把敌人抗击。
好啊!我们将会知道:从今天起,
得凭自己把自己的安全寻找;
得用自己的右手把安全创造
并毅然独立,或者被打翻在地。
谁不为这前景高兴就是懦夫!
我们将欢欣鼓舞,如果说统治

---

① "帝国"指的是普鲁士。当时认为,欧洲大陆国家中还剩强大的普鲁士可以抵抗拿破仑。但1806年10月14日,普鲁士在耶拿之战中败北。

这个国家者珍视它众多天赋,
英明、正直、勇敢、不低三下四,
不由他们判断他们怕的险阻,
判断他们不理解的荣誉之事。①

1806年10月?—1807年2月?

诉 说

有种变化,使我变得可怜;②
不久前,你的爱一直是我
一往情深的心扉前的清泉——
它的事,只是不断地流过;
它流呀流呀,从没注意到
自己的恩惠或我的需要。

我有过多少欢乐的时刻!
我那时的幸福冠绝人间!
可繁星点点的汩汩爱河、
那爱河洁净神圣的源泉,
如今在哪里?可说得出口?——
成了难提供慰藉的暗流。

---

① 这两行出自英国作家、政治家布鲁克男爵(Fulke Greville Brooke, 1554—1628)的著作《锡德尼的生平》。

② 这里指的是诗人的朋友柯尔律治在态度上的变化。

一脉爱之泉——也许它很深——
这点我相信——还永不干涸：
如果那泉水在默默无闻
和寂静中沉睡，那有什么？——
可在我一往情深的心扉前
发生了这变化，使我可怜。

1806 年 10 月？—1807 年 4 月？

纺车之歌

——基于流行于威斯特摩兰山谷牧区的说法

转得飞快的纺车嗡嗡叫！
夜带来受人欢迎的时光；
这时手指儿虽感到疲劳，
却似乎有神力来给帮忙；
带露水的夜遮暗了地面；
摇得纺车快快地转呀转！

眼前在那满天的星斗下，
四下里都有躺着的绵羊——
这称心活儿努力地干吧！
因为当羊儿都进了睡乡，
纺锤就转得又快又平稳——

合出更牢靠的毛线一根。①

见异思迁的眼睛一瞥间，
也许能生出短命的爱好；
但真正的爱就像那毛线——
纺出它的是友善的羊毛——
当羊群全都躺在山坡上，
全都在歇息中进了睡乡。

1806 年或 1812 年

"噢，夜莺啊，你这个生灵"

噢，夜莺啊，你这个生灵
的确是长着颗"火样的心"。②
你的歌钻呀钻进我心里——
和谐中带着热情和奋激！
听你的歌唱，就好像酒神
帮助你，让你找到个情人；③
似乎你带着嘲笑，对露珠、

---

① 根据威斯特摩兰山谷牧户的流行说法，在羊群睡觉以后纺羊毛最好，这时纺出的毛线紧密结实。

② 语出莎士比亚剧作《亨利六世》第三部。

③ 据杰弗雷·乔叟《百鸟会议》中的说法，每年到了 2 月 14 日的圣瓦伦丁节（又叫情人节），百鸟便选择伴侣。

黑暗和静夜都不屑一顾；
而一切爱和恒久的福祉，
现已睡在宁静的树丛里。

就在今天，我听见野鸽子
在唱、在说它朴素的故事；
它的声音埋藏在树木间，
然而却又会被微风听见。
它并不停下，只咕咕地叫；
它求着爱，却带一点苦恼；
它歌唱爱，爱中伴着安宁，
开始得虽慢，却唱个不停——
唱认真信念和内心欢乐；
这样的歌正是我爱的歌。

1807 年 2 月？—4 月？

悼　诗

作于格拉斯米尔教堂墓园

谁为陌生人哀哭？许多人
　为乔治和萨拉哀哭，
为这对格林夫妇的不幸——
　而这里有他们的墓。

风雨交加之夜的荒原上，
　　丈夫和妻子奔走着；
他们已找不到自己的家——
　　而家里是六个孩子。

他们曾白费精力地寻找，
　　找有人居住的房屋。
丈夫死去，只听得新寡者
　　发一声凄厉的惨呼。

离丈夫没几步，妻子倒下，
　　成了没生命的躯体；
这短短几步便是条链子，
　　连接了这一对夫妻。

如今，一处处危峰和峻岭
　　温和地把这墓俯望；
如今，天空中是一片宁静，
　　像是海没一点波浪。

但躺在深处的沉静的心
　　埋在更深的宁静里；
平静的心已埋葬在这儿，
　　长眠于这教堂墓地。

这使他们置身于一切的
　　伤心事之外，使他们
远离恐惧和悲痛，再不要
　　太阳或指引的星星。

啊，在他们那最末一夜后，

墓中的黑暗多幽深——
　　那最后那一夜多么凄苦,
　　　　多叫人害怕和愁闷!

　　墓啊,这神圣的婚姻之床
　　　　使他们俩躺在一起——
　　联结着他们的安宁和爱,
　　　　使他们不可能分离!

1808年4月

览美丽的图画有感

——画为乔治·博蒙特爵士所作

　　景色受益于艺术,它微妙的力量①
　　留住那片云,凝住它光辉的形态;
　　既不让那薄雾轻烟飞散或飘开,
　　也不叫白天失去那明亮的阳光;
　　这力量使那些旅人停在半路上,
　　没有让他们消失于幽暗的树丛;
　　却叫小船出现在镜面似的水中,
　　永远停泊在那海湾中躲风避浪。
　　慰人心灵的艺术啊,早晨、午间

---

① 根据另一版本的原文,此行前半句应为"要把艺术赞美"。

和夜晚的五光十色都为你服务；
你呀，怀着有分寸而崇高的雄心，
在这里为了我们凡人们的双眼，
把永远受到祝福的适度的宁静
给了飞逝时间中的一会儿工夫。

1811年6月？

一个三岁孩子的特征①

她虽有点野，却是可爱又听话；
她心中的天真给她特权，使她
狡黠的神色和笑眼显得不凡；
还有调皮的花招；还有一连串
机灵的捣蛋，就是常常要惹人
假意地骂她和同她一起玩耍。
而且，就像木柴在壁炉里闪烁，
即使她独自一个，没有人照管，
同样吸引围坐在近旁的老少，
使他们看着她活动感到高兴。
虽然如此，这快活的生灵完全
以自己为满足；孤独对她来说
却是愉快的伙伴，她呀，让空中
充满欢乐和情不自禁的歌声。

---

① 这个三岁孩子是诗人的次女凯瑟琳，她生于1808年，1812年即夭折。

她的飘忽来去像灵活的小鹿——
从它躺着的蕨丛里惊跳出来;
那想象不到的突如其来,就像
一阵清风吹动草地上的野花;
或者像吹来了一阵嬉闹的风,
赶得平静湖心里映出的种种
五光十色形象一股脑儿逃窜。

1811年?—1814年?

"你的光辉若确实来自于苍天"①

你的光辉若确实来自于苍天,
诗人哪,就按得之于天的光辉
在你的位置上满足地放光吧:
即便是亮度最最出众的星星,
或从天穹最深处照射的星星
(尽管,只有半爿地球看得见,
只有半边天知道它们的明亮),
比起在某处幽暗山脊上放光、
像堆没人照管的营火般的星,
比起谦恭地挂在叶儿落尽的
树枝间,像是冬日里忽闪忽闪
灯光的星星,其根源并不更为

---

① 从1845年起,华兹华斯将本诗置于其诗集卷首,作为"序诗"。

神圣，其本质也并不更为纯净；
它们是同一主宰的长生不死
后代：所以，按你获得的光辉，
诗人，在你位置上满足地放光！

1813 年？

"我蓦然一乐，就急得像风一样"

我蓦然一乐，就急得像风一样，
要找人分享满心欢喜。除了你①
找谁？而你深埋在静静的墓里，
在那已没有人间沉浮的地方。
不渝的挚爱总让我把你回想——
其实啊，我又何尝能把你忘记？
是什么力量竟能够把我蒙蔽，
使我在一时半刻之间会淡忘
最让我痛心的损失？这个念头
使我的悲痛化为极度的苦痛——
再就是那回我已绝望的时候，
想到我心头之宝已永远失踪；
知道无论是现在或者是今后，
再也见不到你那超凡的脸容。

1813 年？—1814 年 10 月？

---

① 这个"你"指的是诗人第四个孩子凯瑟琳（1808—1812）。诗人说过："事实上，这首诗是在我女儿凯瑟琳去世之后很久写的，是想到了她才写的。"

初访亚罗①

一八一四年九月

这就是亚罗?就是我对它
　　怀种种遐想的溪流——
让我在醒时痴情梦着它?
　　这梦已消失在心头。②
愿身旁有一位行吟歌手,
　　用竖琴奏欢快曲调,
把这里的沉寂气氛赶走,
　　免得我的心再苦恼。

可为什么呢?这银色水流
　　蜿蜒得无羁又无绊,
我在漫游中还从没见过
　　更赏心悦目的青山。
看那圣玛丽湖水清见底,
　　透露出湖水的高兴;
因为那一脉山岭的形态,
　　这镜子全做了反映。

蓝天俯视着亚罗的河谷;
　　就太阳升起的地方,
一片珍珠般白色向周围

---

① 这次漫游苏格兰时,与华兹华斯做伴的是"埃屈克羊倌"诗人詹姆斯·霍格。
② 有关本诗第1—4行中情形,可参阅《未访亚罗》一诗中的第49—56行。

散射出朦胧的柔光；
这预示晴天的温煦拂晓，
　　驱除了无益的丧气；
虽然在这里同样也可以
　　做一些沉思与回忆。

哪里是著名的亚罗之花①
　　流着血倒下的地方？
平缓的土丘上，牛在吃草——
　　他也许在那里埋葬。
从这清晨般平静的塘中，
　　这水晶般一汪水里，
阴魂为发出悲哀的警告，
　　一而再、再而三升起。

快乐的情人们相会之处，
　　带他们进林的小径，
把他们遮住的茂密树木——
　　山歌唱这些真动听！
世上没力量能把爱征服，
　　把这爱描绘的哀诗
在同情者眼中如同圣歌；
　　悲哀的亚罗，请证实！

你呀，在我深情的想象中
　　曾显得如此美丽；
眼前，你阳光下的真面容
　　比得上想象中的你；

---

①"亚罗之花"是一首有关亚罗河谷传说的歌谣里的被杀武士，他曾被比作被砍掉的玫瑰。但也有人认为，"亚罗之花"指的是1576年嫁给一著名强人的女子。

你的周围是美好和灵秀，
　　是宁静神圣的温柔；
而当初林木的美在减退，
　　田野中带一种悲愁。

离开了那里，河谷展现出
　　繁茂而高大的树丛，
亚罗就蜿蜒穿行在这片
　　天设人造的美景中；
看哪，在那高高的树丛间，
　　是古老的残垣颓壁！
是尼瓦克堡破败的正面——①
　　常见在边区传说里。

好风光能催开童年之花，
　　使年轻人流连忘返，
叫成人享受健康的乐趣，
　　让老汉消磨掉暮年！
那边的小屋像仙阁琼楼，②
　　是这种幽僻的地方——
护住纯洁忠贞的情和爱
　　和此地的温柔思想。

秋日里，在这天然树林中
　　采集野果子多好玩，
在我亲人的额前插一支
　　带花的石南多好看！

---

　　① 尼瓦克堡在亚罗河边，在塞尔扣克以西约5英里。司各特的长诗《末代行吟人之歌》即以此为背景。
　　② "仙阁琼楼"，语出斯宾塞的长诗《仙后》。

要是我戴个花环又怎样?
　　这算不得违反情理;
庄重的山头就如此打扮,
　　就这样在迎接冬季。

不光凭视力看见了亚罗——
　　我赢得了亲爱的你;
想象的光辉依然存在着,
　　它那光在同你嬉戏!
你永远显露青春的河水
　　总生气勃勃地流淌;
我的嘴也能按你的韵律
　　把快活的曲调哼唱。

雾气流连在高高的地方,
　　将很快不得不消散;
它们短暂,我时日也无多——
　　这悲思我可得驱赶!
但是我知道,无论去哪里,
　　你亚罗的真切景象
将陪伴着我,在我忧伤时
　　使我的心快慰欢畅。

1814 年 9 月

雷奥德迈娅①

"我在初升的太阳前备下牺牲,
徒然的希望使得我立下誓言:
我求夜之凄影中的冥府诸神
让我那已被杀戮的丈夫出现;
我再次吁求上苍可怜可怜我;
伟大的朱庇特,请你把他还我!"

祈求者热烈的爱中充满信仰,
她一边说一边把手举向苍天;
这时,就像云端里钻出的太阳,
她脸上露出喜色,睁大了双眼;
她胸脯在一起一伏、一胀一缩,
她挺直身体,静静地等着结果。

啊可怕!她已看到什么?啊高兴!
她在瞧什么?她看见的人是谁?
是她特洛伊海滨被杀的英雄?
是血肉之躯?还是肉体变的灰?
如果感官没有欺骗她,那是**他**!
长有翅膀的神墨丘利领着他!②

祈求者经法杖一碰,不再害怕;

---

① 希腊传说中的人物,为希腊东北部忒萨利亚王丕利阿斯(Pelias)之女,嫁给普罗台希劳斯为妻。最后,她自愿死去,以便同丈夫在一起。

② 墨丘利是罗马神话中为诸神传信并掌管商业道路的神,即希腊神话中的赫耳墨斯。

温和的天神对她说:"你的祈祷
得到极大的恩典,雷奥德迈娅!
奉主神命,尊夫踏着天上的道,
前来同你在一起逗留三小时。
接受这恩典,面对面把他注视!"

激动的王后朝着她夫君扑去,
她想要重温那种完美的旧梦;
但不管做了多少次急切尝试,
她都没法子搂住那虚体空形。
这幽灵会分开,然后又再合拢——
重新出现在妻子的目光之中。

"普罗台希劳斯,带路神已返回!①
我求你让这虚形发出你的声音;
这是我们的宫殿,那是你王位;
说吧,你踩的地面会为此高兴。
天神给我这殊恩,而且赐福于
这悲惨的住所,不是要我恐惧。"

"雷奥德迈娅!朱庇特十分伟大,
不让礼物带缺陷;我虽是幽灵,
却不是派来骗你或叫你害怕,
而是要我来报答你赤诚之心。
我的价值还赢得了别的什么,
因为无畏的德行有无穷收获。

---

① 在希腊传说中,普罗台希劳斯是特洛伊战争中第一个阵亡的希腊人,他一踏上特洛伊的土地便牺牲了。一种说法是:他事先知道第一个登陆的人注定要死,但仍选择了这种命运。

"你知道，特尔斐那道神谕预言：①
带头在特洛伊海滩登陆的人
活不成，但这没让我裹足不前，
高尚的事业总要求做出牺牲——
我这自愿献身的王纵身跳下，
在一片平沙上为赫克托所杀。"

"英雄之英雄：最勇敢、高尚、善良！
我不再因你盖世的勇气哀哭——
当千千万万的人疑虑而沮丧，
这勇气却催你上要命的国土——
既来了，我已原谅你——你这勇气
很高尚，我可怜的心不能相比。

"虽然你会干出极严峻的事迹，
你仁慈善良不亚于坚决勇敢；
使你还魂的那一位有个旨意：
你得躲开那怀有恶意的阴间。
你的鬈发和红唇同以前一样——
那时的气息为忒萨利亚添香。②

"来会我的绝非幽灵，绝非游魂；
生气勃勃的英雄，来坐我身旁！
你熟悉这榻，给我个结亲的吻，
今天，我是第二次做你的新娘！"
天上朱庇特皱皱眉头，会意的

---

① 特尔斐为古希腊城市，著名的阿波罗神殿在该城。

② 忒萨利亚（Thessaly 或 Thessalia）为希腊东北部一地区名，古时为希腊的东北边疆。

帕希便让玫瑰般的唇泛死色。①

"我面容说明我的厄运已结束;
别为这变化哀伤,即使感官的
欢愉能够又快又稳当地恢复——
就像消失时一样。人间完全地
毁了那些狂喜——阴阳界却看不上,
那儿留平静的欢乐、崇高的忧伤。

"忠贞的王后啊,你要学着抑制
难抑制的激情。因为诸神赞成
灵魂的深沉,反对灵魂的恣肆;
赞成炽热而能够驾驭的爱情。
别过于激动,我去时别太悲伤,
因为我在此逗留的时间不长——"

"为什么?海格立斯不是用武力②
从守墓怪兽处把阿尔赛丝蒂斯③
抢了出来?让那复活了的尸体
青春焕发地重新回到了人世?
美狄亚的法力驱除岁月影响,

---

① 帕希(Parcae),罗马神话中的命运三女神。

② 海格立斯为希腊神话和罗马神话中的大力士,也译作赫拉克勒斯等,为主神宙斯之子。

③ 在希腊和罗马神话中,阿尔赛丝蒂斯(Alcestis)是丕利阿斯的女儿,嫁给菲瑞(Pherae)王阿德迈图斯(Admetus)为妻。在其丈夫患致命疾病时,她决心用自己生命去换回丈夫生命,因为阿波罗许诺,如果她牺牲自己,她丈夫就有救。一种说法是她死后,冥后普西芬尼仍让她返回人间;另一种说法是她被海格立斯救下,结果没有死。

使伊森同身边年轻贵人一样。①

"诸神对我们慈悲为怀,而他们
也许会进一步开恩,因为爱的
力量远强于人的肉体和精神,
远强于摆布日月星辰的神力;
尽管爱往往转化为忧伤悲痛,
尽管爱总是待在女子柔肠中。

"你走我就跟了走——"可他说,"安静!"
她看着丈夫,高兴地平静下来;
丈夫唇上的凄惨颜色已褪尽,
同时从他的举止、外形和神采
透出天国之美和优雅的忧伤——
来自有福却也有沉思的地方。

他谈到爱:这是灵魂们在运行
平稳无误的世界中感受的爱;
没有恐惧要驱赶、冲突需调停,
过去不惋惜,前面有稳当未来;
谈到史诗的艺术已恢复,而且,
格调更庄重,音韵更精美和谐;

谈到所有的美好在那里显然
美得更完满;更为清澈的溪流,

---

① 美狄亚是希腊传说中的人物,是被称为金羊毛之邦的亚洲古国科尔喀斯国王之女,以巫术著称。忒萨利亚王子伊阿宋率阿耳戈英雄历尽千辛万苦来取金羊毛时,曾得到美狄亚巫术的帮助,后结为夫妻偕逃至科林斯。伊森为伊阿宋之父,是忒萨利亚王玉利阿斯的异母兄弟并为后者所不容。根据一种说法,后者听到阿耳戈英雄归来的消息,准备杀死伊森,伊森遂自杀。而在奥维德作品中,在阿耳戈英雄归来后,美狄亚使其变得年轻。

更为清净的空气，恢宏的苍天，
还有微微闪烁着紫光的田畴；
给地球洒下明媚白天的太阳，
在那里完全不配俯瞰那地方。

然而凭德行赢得权利的灵魂
将去那里。他说："我很难看清
有些人生存的目的，因为他们
在你我分离后居然还有心情，
从花天酒地得到空虚的乐趣——
而泪水是你日夜的最好伴侣。

"当时，我似的年轻贵人在跟前
（各位英雄根据他自己的心思）
准备着，要以武功为自己创建
光辉的业绩；要不就在帐篷里，
头领和国王们坐在一起会商；
而这时，舰队碇泊在奥利斯港。①

"天上吹来了人们所盼望的风；
我在寂静的海上细想那神谕；
我决定，如果我们千百艘艨艟
没胜似我的人带头，那就必须
是我的战船第一个冲向海岸——
我的血首先染红特洛伊沙滩。

"但想到你将失去我，我的爱妻！
我常会感到十分强烈的痛苦。
因为啊，我的回忆过于依恋你，

---

① 奥利斯为希腊古代一港口名，远征特洛伊的希腊舰队在此会合。

依恋你我在人世共享的幸福——
我们踏过的小径——这些泉和花、
我刚规划的城池、没竣工的塔。

"岂能因为这担心让敌人叫嚷：
'瞧他们抖成那样——阵容虽威武，
这么多的人，竟然没人敢阵亡？'
我从心目中把这侮辱话扫除。
先前的软弱重来，可崇高思想
体现于行动，促成了我的解放。

"你的爱虽强烈，理智方面实在
太弱，自制的能力也远远不够；
我坚决劝你，要你等待我们在
阴曹地府里再次幸福地聚首。
这个幽冥缥缈的世界同情你；
请把感情升华到庄严的境地。

"要凭极度的渴望去学习升腾——
追求更高的目标。世界上的爱
得到鼓励和认可就为这一层；
为此，过分的激情已经被赶开——
使自我有可能取消：这种桎梏
证明是对梦的束缚，与爱冲突。"

她喊了起来！因为墨丘利重现！
她想抱住亲爱的幽灵，但没法：
三小时已过，即使三年也太短；
人间没任何努力能够留住他：
于是他很快从门洞默默出去，
去那个没有人间天日的疆域——

躺在王宫地上的王后已断气。①

就这样，一切告诫责备都没用，
她死了；作为她存心犯的罪过，
公正的诸神不为软心肠所动，
判她独自把指定的时间消磨——
远离那些在不凋的宁静树荫、
在极乐之中摘花的快活幽灵。

——但泪水总为人间的苦难而流；
人间破灭、抛却的希望会使人
感到悲哀，而且还不仅是使人，
就像他天真的想法那样——据信，
多少年来，海尔斯邦德山坡上，②
从她为之而死的那人墓地上，
长出一丛树，它们盘旋朝上生，
但是，只要长到足够高的地方，
只要望见那伊利乌姆的城墙，③
一望之下，高高的树顶就枯去——
树就这样在荣枯间变化不止！④

1814 年 10 月

---

① 原作中这一节为7行，最末一节为11行。

② 海尔斯邦德为达达尼尔海峡的古名。

③ 伊利乌姆为特洛伊的别名。

④ 诗人为帮助儿子进大学，重读了维吉尔、奥维德等人的一些经典作品。本诗是根据其中材料改写的。这里对树木荣枯所做的解释与古典作品中不同，为的是使之具有较玄妙的气氛。

作于一个出奇壮观而美丽的傍晚

1

　　如果这辉煌已飞快消失,
　　也许我满含惊奇的目光
　　早就向默默无言的云层
　　　神情茫然地张望;
　　可是它竟然有能力延续,
　　让白天有一个神圣结局,
　　使脆弱的人看清——这景色?
　　噢,不,看清它可能是什么!
　　田野和小湾曾经有一度
　　混响着抑扬顿挫的回声,
　　那是热诚的天使在林中
　　　齐声地把晚祷唱出;
或者星星般高踞在各个山巅,
把那些适于天上人间的曲子
为那两者高唱,如今山巅谷间
即使再有这种唱圣诗的仪式,
　我想,比之这无声的风景,
　比之这光、影和极度宁静,
　也未必能把比这更纯真的爱、
　　更崇高的欣喜激发出来!

2

　　一切都毫无声响,只一片
　　深沉而庄严的和谐一致

散布于山崖之中的谷间,
　　弥漫在林间的空地。
遥远的景象移到了眼前,
这是因为那射来的光线
有着魔力,它能把照到的
一切染上宝石般的色泽!
我看到的一切清晰明净,
牛群漫步在这边山坡上,
一架架鹿角在那里闪光,
　　羊群就像是镀了金。
这是你紫色黄昏的静谧时分!
但是,像我们神圣的愿望一样,
我的灵魂告诉我,我永远不能
相信:这美景完全得由你执掌!——
　　从不受太阳影响的天外,
　　我们把部分的礼物赢来;
类似天堂里的那种瑰丽壮观
　　在英国牧人的脚下铺展!

3

　　如果有人受损害的攻击,
　　或者为破裂的关系所伤,
　　那蒙蒙叠嶂在他们眼里
　　　　像辉煌的梯子一张——①
　　矗向阳光弥漫的高空中,

---

① 在这首颂诗的第三节开始处,那一重重的山脊被描绘得像是雅各梦中所见的天梯(译者按:见《旧约全书·创世记》)。这种感觉的产生或是由于空中的水汽,或是由于空中的烟尘受阳光照射——本诗中属后一种情况。本诗最末一节中充满了《颂诗:忆童年而悟永生》中的思想。——作者原注

谁也难说在哪里它告终！
　　可是却引想象力去爬升，
　　去同永生的神灵们交融！——
　　我肩后像有翅膀在拍动；
　　可我生根似的站在这里，
　　凝望明亮的梯级插天穹——
　　　把能通行的路铺去。
来四下看看，低垂着头的老人，
看看你们属于多美好的地方！
如果，有一位路上走累的旅人
中午开始便睡在萋萋草地上，
　快去他睡的幽处，仙子呀！
　可要亲切仔细地唤醒他，
　亲切仔细得使他心灵的和谐
　　能把这良辰的赏赐迎接！

4

　　这来自天国之瓮的色彩，
　　以前时常在我眼前涌流，
　　不管我极乐的童年时代
　　　我眼光在哪里漫游。
　　这种光辉为什么又闪现？
　　不，得带着感激之情谈谈；
　　因为，只是在我的睡梦中，
　　才有过那种辉煌的影踪。
　　可怕的力量！宁静也能像
　　大自然的咆哮为你效劳——
　　如果我选的路毫不足道，
　　　如果我把你撇一旁，
　　愿你开恩，别让我把早已失去

又徒然为之悲叹的光辉忘掉——
现在，这光辉在我清醒的眼里，
已被奇迹唤回，正似乎在返照；
　我的心虽仍被系在人世，
　却因得到了重生而欣喜！——
已经结束，辉煌的景象已暗掉；
　夜带着她的阴影已来到。

1817年夏？

小支流①

我的躯体常常会高兴得颤抖，
当希望为我把遥远的善提供——
它看来从天而降，就像那一泓
纯净的水从高耸入云的山头
急奔而下，同浩荡的德顿聚首；②
在德顿澄澈宁静的深深胸怀，
映出了无数的形象，其中看来
最受珍爱的就是这白色激流——
就数它最美最柔而且最活跃！
午间的热闹天籁因它的声响

---

　① 华兹华斯在1806年至1820年之间创作的十四行诗中，有一些后来结集为《德顿组诗》。《小支流》是其中第19首，后面的《追思》则是第34首，即最后一首。
　② 德顿河为湖区西南部小河，位于坎伯兰郡和兰开夏郡交界处，流入爱尔兰海。

而昂扬起来,有谁听到的歌唱
更引人入梦乡?这种低低音乐
宣布把甘露给予干渴的田野,
直到阵阵的雨再次落到地上。

追　思

我想过你,我已成过去的旅伴
和向导。可只是徒然地想着你!
因为德顿哪,当我回过头看去,
你过去、现在、将来都不会改变;
水流静静淌,而且会淌个没完;
形象将依旧,功能也永不消失。
而我们尽管勇敢、强大和睿智,
尽管在青春之初向自然挑战,
却势必消亡——任凭是这样也成!
只要有谁从我们的手中得到
力量去生活、行动、为将来效劳;
只要我们去静静坟墓的时分,
凭着爱、希望、信仰的卓越珍宝,
能够感到我们比自知的重要。

在剑桥的国王学院教堂①

别怪那王家圣人花钱不精明,②
别怪建筑师以不相称的目的
把这座宏伟壮丽的作品设计
(虽然其辛劳只为了寥寥几名
白袍学者),这高度智慧的结晶!③
随你去说,高高的苍天却不管
那一套说多论少的精打细算。
建筑师这样想:为了取悦眼睛
设计高柱,使生发出去的屋顶
没中心支柱,并凹成拱顶万千——
光和影在那里栖息,音乐声音
就像不愿消失地在那里流连;
犹如一些思想:其美好正证明
它们来世上是为了永驻人间。

1820年11月?—12月?

---

① 华兹华斯写过很多讨论宗教问题的十四行诗,叫作《基督教十四行组诗》,这是其中的第128首。

② "王家圣人"指英王亨利六世,他只关心宗教和教育事业。

③ 在牛津大学和剑桥大学中,研究员和学者们穿白袍,其他人员穿黑袍。

致——①

让别的诗人把天使赞美,
　　说是像太阳没阴影;
你呀,绝没有那样完美,
　　但你要为此而高兴!

别在乎没有人说你美貌;
　　只要我心目中的你
没任何美好事物能比较,
　　你就任它去,玛丽。

真的美住在幽深的地方,
　　那里的面纱难揭掉;
除非被爱的也爱着对方,
　　两颗心和谐地对跳。

1824 年?

致云雀

天地间的漫游者,空中的歌手!
你是轻视这心事重重的人间,

---

① 写于赖德尔山宅,致华兹华斯夫人。

还是翅膀在追求,而眼睛、心头
和窝儿却在露水淋漓的地面?
这个窝随时能接待降落的你,
让你歇歇歌喉和颤动的双翼!

[你高飞吧,高得只见远远一点,
勇敢的歌手啊!充满爱的歌唱
把你和你的爱永远紧紧相连,
使这平野的心胸也随之震荡;
你这得天独厚的欢乐之鸟啊!
看来你唱时无须在春荫之下。]①

把夜莺喜欢的树荫给她留下,
那光明灿烂的高处该你独占;
你的歌喉在那里更出神入化——
把一派和谐的音乐洒向人间;
聪明的你只是高飞,从不彷徨,
因为,你的心中只有家和天堂。

1825 年?

"冷冷的夜半露珠还没有"

冷冷的夜半露珠还没有
　　同你的泪珠相融前,

---

① 1845年之后,诗人将本节归入随后写的另一首诗中。

多情的青年，我为你追求
　　高傲的杰拉婷心酸！

无动于长吁和短叹的她
　　为那一大串人得意——
东方的链子在我们天下
　　把他们串锁在一起。

可不要像他们萎靡不振
　　而在烦恼中忘记了：
根牢扎在地的树才可能
　　把树枝插到半天高。

就连最微不足道的小溪
　　也自由地任意流淌；
而湖水尽管四周被围起，
　　天天在微风中荡漾。

别再跪倒在地上求拜吧，
　　用藐视去压倒藐视；
即使在恋爱，不列颠人哪，
　　是臣民而绝非奴隶！

　　1826 年？

"别小看十四行；评论家蹙额皱眉"

别小看十四行；评论家蹙额皱眉，
不理会它应得的荣誉；凭这钥匙，
莎翁开启了心扉；彼特拉克弹起①
这小诗琴，旋律便把他创伤抚慰；
塔索，也曾千百次地把这笛子吹；②
卡蒙斯凭它减轻流放中的愁思；③
它是片色泽鲜艳的桃金娘叶子，
在爱想象的但丁头上的柏冠内
闪烁着光辉；它是盏萤火虫的灯，
把召自仙境的温和斯宾塞激励，④
领他在黑暗的路上前进；弥尔顿，⑤
当他的路被迷雾笼罩，在他手里，
十四行诗便是号角；他吹的曲调
动人心魄，可惜这曲调少而又少！

1827 年？

---

① 彼特拉克（Francesco Petrarca，1304—1374）为文艺复兴时期的意大利诗人。他的优秀作品《歌集》（含300多首十四行诗）奠定了这种诗体在近代西方诗歌中的重要地位。

② 塔索（Torquato Tasso，1544—1595）为意大利诗人，文艺复兴运动晚期的代表，主要作品为叙事长诗《被解放的耶路撒冷》。他也写过一些抒情诗，其中有十四行诗。

③ 卡蒙斯（Luis Vaz de camões，1524？—1580）为葡萄牙文学史上最重要的诗人，一生坎坷，坐过牢、参过军、受过伤，并长期在国外颠沛流离。代表作是《卢济塔尼亚人之歌》。其他作品大多是爱情诗，诗的形式包括十四行诗。

④ 斯宾塞（Edmund Spenser，1552？—1599）为英国诗人，代表作为《仙后》。作品中还包括由88首十四行诗组成的《爱情小诗》，一般认为这是他写给未婚妻的。

⑤ 弥尔顿（John Milton，1608—1674）为英国诗人，代表作为《失乐园》等。他一生只写了23首十四行诗（其中5首用意大利语写成），49岁之后便双目失明。

"只有诗人知道作诗时的辛苦"

"只有诗人知道作诗时的辛苦
自有一种愉快"——这话真不错;①
除了他们愿戴上轻巧的枷锁,
缪斯能引谁去走那平坦的路?
当福至心灵把诗一句句激出,
多少回,一个倒霉字怀着恶意
在宴会上还把这热心人紧逼,
在寂静原野紧缠着他走夜路!
可是他并不懊恼,只要他思绪
最后能保持清晰,能不受阻挠——
清新得像那晨星挂在山脊上;
像一颗慢慢凝成的晶莹泪滴
亮闪闪滚出一位处女的眼角,
或像雨滴滞留在玫瑰的刺上。

1827 年?

对四季的寻思

活泼的五月!因为有指望
　　逃脱掉有害的乱风,

---

① 这诗句出自英国诗人威廉·库柏(William Cowper,1731—1800)的长诗《任务》。

春天换上了它最后形象——
　　就是你可爱的姿容。

盛夏有着火辣辣的酷热，
　　虽神气却不够漂亮——
比温存天气的离别之时，
　　夏天可确实比不上。

当大地以捆捆金黄的麦
　　来报答辛劳的耕犁，
成熟的果实和林中树叶
　　在枝干上闪闪熠熠；

秋天在听到冬之声以前——
　　在冬之声冲来结束
这个象征性的周期之先——
　　把多忧郁的美显露！

但愿我们的春夏也那样——
　　让我们的秋天融入
灰白的冬，凭天生的希望，
　　让生命就这样结束！

　　1829 年？

"你怎么默不作声?你的爱竟是"[1]

你怎么默不作声?你的爱竟是
一株柔弱的花草,它虽然娇美,
但给离别的邪风一吹就凋萎?
难道没有债要还,没恩惠要赐?
但我对你的思念并没有终止,
我拳拳的心思总在你的身上——
只求给我一点你多余的福祉,
便是我唯一最最自私的愿望。
说吧!哪怕一度自在承受了
我俩千种欢情的热烈的柔肠,
将会落得比积满雪的空鸟窠,
比它周围叶落尽的蔷薇枝条
更孤寂冷落,也更阴郁和凄凉——
说吧!让恼人的疑心见个分晓!

1830年1月

---

[1] 对于这首诗,华兹华斯在注释中说,"绝非因某一具体对象而写,而只是要向自己证明:只要我认为恰当,就能写一首诗人们喜欢的诗。"这是他散步中看到积满雪的空鸟窠而写的。

"这些好山谷保全了多少树"

这些好山谷保全了多少树——
　　凭华兹华斯的要求；
而且，还从修建者的手内，
就为这石头的粗犷之美，
　　这诗人也把它拯救。①
别去动它吧；迟早有一天，
　　心慈的人们在这里
也许会因为我不在人间
　　发一声轻轻的叹息。

1830 年 6 月

诗人和笼中的斑鸠

每当在这里我低声吟起
　　写到了一半的诗歌，
从近旁她那柳条住宅里
　　斑鸠会立刻来应和。
先前这笼中鸟静得像树叶，
　　现在却咕咕叫起来：

---

① 诗人在意大利期间，这首诗被镌刻于铜牌并镶在这石头上。

是在教唱她柔美的乐曲?
　　帮衬我可怜的诗才?

我倒是在想,这温顺的鸟
　　在轻声轻气地责怪——
就为我竟敢对爱的曲调
　　态度冷淡而不快;
觉得我这翻山走谷的诗人
　　情无所钟地在吟唱,
似乎斑鸠和夜莺的嗓音
　　和情感不在我心上。

好鸟呀,你如果是这意思,
　　可千万别把我错怪;
因为在我诗歌的精神里
　　充满爱,受祝福的爱。
在林中或在宁静的炉旁,
　　爱拨动我诗琴之弦——
又咕咕了!但没把我冤枉,
　　我觉得,在给我灵感。

　1830年12月?

亚美尼亚公主的爱情

1

　　你已听说过"西班牙闺秀

曾追求英格兰男子";①
　　请听高傲苏丹的俊闺女——
　　　亚美尼亚公主的事：
她怎样爱上基督徒奴隶，以言词、神态、
行动表明痛苦，希望对方再次能有爱。

　　2

　　"请摘那玫瑰，它惹我喜爱，"
　　　她掀起了面纱说道，
　　"把它摘给我，和善的园丁，
　　　趁它没苍白和枯凋。"
"美丽的公主啊，虽然我在整地，花坛里、
枝头上再差的花也不能采，即使为你。"

　　3

　　"我为你俘虏的处境痛心，
　　　你这基督的信徒啊；
　　在你的故乡，对不幸的人
　　　妇女能表示同情吗？"
"能，好公主！不然就受不了生活重担；
因为对任何人来说，忧虑把生活充满。"

　　4

　　"怜悯以眼泪和叹息告终，
　　　比无所表示更不如；

---

① 《西班牙闺秀的爱情》是英国古谣。本诗采用该诗形式，以便于安排对话。又：本诗主题来自诗人朋友狄格比（1800—1880）的作品《奥兰都斯》。

我要救你，把你从奴役和
　　　　邪恶的欺凌中救出；
你的风度，表明你受过很高雅的教养，
抬头看吧，请为亟愿解救你的手帮忙。"

5

　　"公主，这愿望该使你害怕，
　　　　要避免冒这种风险；
　　想想这对你慈父的刺激，
　　　　他因此会怒气冲天；
这解救很惨，它让我戴上耻辱的枷锁——
只要解救我的她被无数的烦恼淹没。"

6

　　"豪爽又坦率！追求正义的，
　　　　内心才肯定有安宁；
　　即使他们中的弱者，也能
　　　　像勇士去面对艰辛；
若至高的天恩通过我解除你的枷锁，
我父亲得有奴隶的心才要奴隶干活。"

7

　　"公主，我听了这善意的话，
　　　　冰凉的心已暖起来！"
　　"可你使一切勇气无结果——
　　　　为怕我遭不期之灾；
我乐于带这样的伴侣离开这些尖塔
和镀金的圆屋顶，去他哪怕最差的家。"

8

  "你话音充满感情,好公主,
    你脸上全不带歧视;
  要不这些话听来像嘲弄——
    比尖利的刺还尖利。"
"哪来这种不该有的猜疑?我们的信仰
太不一样。但愿哪你能够看到我心上!"

9

  "请别逗我;我注定的命运
    是使用我这些工具;
  我再不会拿带蛛网的盾,
    不会把锈矛握手里!
再难见故乡、城堡的塔楼和想我的她——
她准在把孤身枯守的时日数啊算啊。"

10

  "俘虏!原谅年轻人的胡想;
    结过婚?最好说不曾!
  祝福你配偶,她确实有福;
    让我的希望变泡影!
若没有另一种纽带把我同幸福联结,
做使女反倒让我的目的更显得纯洁。"

11

  "忠诚基督徒的婚姻之爱,
    公主啊,真不可思议;

身心和灵魂全融合起来，
　　　　把两个人合而为一。"
"我微不足道的柔情不要求感恩图报，
　这柔情像引路的星：有光辉而不燃烧。"

12

　　　"仁慈的真主！我真是大胆，
　　　　竟用这称呼感谢神；
　　　你这异教土地上的花朵，
　　　　是神感化了你的心！
　要不，你可是卸下了天堂中戴的翅膀？
　我看见、听见、梦见了什么？在什么地方？"

13

　　　危险的交谈到此就终止。
　　　　较平静的言词已能
　　　说明两个人如何一起逃；
　　　　永别她父亲的宫门，
　离开她原先所处的狭隘世界的时候，
　她一边流泪，一边有丧钟声响在心头。

14

　　　但有更崇高、圣洁的感情
　　　　催着她脚步；她不敢
　　　相信感官的信条，那信条
　　　　把女子的权利作践。
　所以没什么可奇怪，更没什么可责难——
　如果说这样羞怯的姑娘竟如此大胆。

15

  用常识判断两个逃亡者：
   远在那传奇般往昔，
  在唤起或抑制某些想法上，
   心灵的戒律很有力。
就算有蛇在近旁嘶嘶响，有拦路敌人，
他们思想中没任何东西使他们担心。

16

  他们的思想从没有动摇，
   不管是一致的步伐
  在沙漠上走，或是齐动手
   把林中的野果摘下；
或是像冷冷月光下两株芦苇在低语——
在微风中向着清澈的小溪弯下腰去。

17

  终于休憩在友好的船上，
   他俩被送往威尼斯；
  当这次航行在那里结束，
   有人看见了他主子——
他天天上码头期待来自东方的喜讯——
乐得说不出话，趴下把主人的腿抱紧。

18

  双方一时间都十分激动，
   没喘过气来便相问；

多少年的话想顷刻说完，
　　一句比一句问得紧。
"马上去报告伯爵夫人，快一点，朋友！
要讲到这位生客，是她恢复了我自由。

19

"告诉她，说我本来很可能
　　萎靡憔悴地度一生，
如今在斯托尔堡的门前，①
　　我要给解救我的人
最高的报答，就是让如今在我的心里
占从前位置的那位报以衷心的谢意。

20

"让她知道，我旅伴身体里
　　是东方帝王家的血；
她如饥似渴地追求完美，
　　纯真、善良又羞怯——
尽管在异教徒中成长，但福音的光辉
将帮助神圣教会驱除那夜色的昏黑。"

21

　　白头发老仆匆匆离去后
　　　　来了位亲信的侍从；
　　他带来各种欢迎词、祝福、

---

① 斯托尔堡又作斯托尔贝格，原属普鲁士的莱茵省，在亚琛以东约10公里。现位于德国北莱茵-威斯特伐利亚州境内，当地有建于16世纪的城堡。

感谢、赞扬，每一种
都足以保证这生客一路上满怀高兴，
足以消除她道德方面的顾虑和担心。

22

　　　再次团圆的亲人多福气；
　　　　当他们城堡的墙边
　　　响起震耳欲聋的欢呼声！——
　　　　是确实有福气，尽管
每一颗泪珠无声地道出以往的悲戚，
使夫妻的重新相见像一次死别生离。

23

　　　人们的天性会布下迷雾，
　　　　如今这闪出了灵光——
　　　美丽的解救者透过这雾，
　　　　看激动人心的景象；
她的处女面颊上露出了纯洁的红晕，
因为她的心做出过种种微妙的牺牲。

24

　　　哭泣的伯爵夫人跪地上，
　　　　把这生客的手亲吻；
　　　这表明她全身心的效忠，
　　　　是永结生死的保证：
保证今后没任何事情同这个吻抵触——
对此赞同的人群发出了豪爽的高呼。

25

　　　朝这美丽的亚美尼亚人，
　　　　美好的感情滚滚来——
　　　她像是保护神受人崇敬，
　　　　她像是姐妹惹人爱；
　　基督徒的温顺为人把生活之路铺平，
　　对唯一的争议，谁爱得深，该爱得聪明。

26

　　　那一种结合的无声记录
　　　　仍在萨克森教堂中：
　　　一座叉腿躺着的骑士像，
　　　　像躺在两位发妻中——
　　每一个形象有纹章的徽记表明出身、
　　种族和其做人间之旅时的无谓身份。

1830 年

岩石上的樱草[①]

有块岩石，它平凡的模样
　　引不起过路人注意；
萤火虫却在那里挂起灯——
　　像星星有高也有低；
岩石上有棵羞怯的樱草，
　　把春风邀请到那里。

打过多少次丑恶的战争，
　　多少个王国给推翻——
从我当初发现那樱草丛
　　并视之为我的财产；
这自然之链的永恒环节
　　从九天之外下了凡！

朵朵的花仍忠实于花梗，
　　重叙它们间的情谊；
花梗也忠实于地下的根——
　　在人的视线外出力；
而根的每一缕忠实根须
　　同岩石又贴得紧密。

天生的岩石则紧偎大地——

[①] 写于赖德尔山宅。从赖德尔村去格拉斯米尔时，可在接近这条路中段的地方看到矗立在道路右侧的这块岩石。过去，我们习惯于叫它萤火虫石。因为像诗中所说的那样，我们常看到不少萤火虫聚飞其上，至于那樱草丛，我想恐怕已被大雨冲掉了。——作者原注

那样子虽像要倒下，
　　地球又守着它那片空间；
　　　这一切由上帝筹划：
　　寂寞的草就这样开着花，
　　　一年葬一次也不怕。

　　　＊　＊　＊　＊　＊

　　　一缕思绪到这里已结束，
　　　可那天的风很轻软，
　　　灰白色山头已经给逗乐，
　　　阳光下山谷显得欢；
　　我要把落幕时唱的小曲
　　　向石上的樱草奉献。

　　我唱：让无数的鲜花像你，
　　　在田野、树丛间复活
　　而不被忌妒；唱具有救赎
　　　力量的上帝的爱火
　　比指责我们憧憬天性的
　　　哆嗦者强有力得多。

　　这爱改变了——对恹恹的病，
　　　对枯萎的时节以及
　　对为无救遗骸感到的悲伤——
　　　它们那内在的机理，
　　把带着诅咒的大蓟化成①
　　　赏心又悦目的形体。

---

　　① 这里以"带着诅咒的大蓟"喻人类的原罪。

我们虽然受罪恶的折磨，
　作为有理性的人子，
也会从被遗忘的冬天中
　给唤起而重新呼吸——
使我们数达七十的天年①
　消融在永恒之夏里。
这远见卓识从天上降到
　卑微而低下的心间，
这是让正直者生死之时
　能感到振奋的信念；
使每颗心变成一个天堂
　和上帝主宰的宫殿。

　1831年？

"空气芬芳宁静，有露水的潮气"

空气芬芳宁静，有露水的潮气，
却不愿把白天惬意的热放弃。
看看星吧，你会说一颗也不见；
可是再仰头看一看，你会发现
它们一颗又一颗闪烁出银光。
奇怪吗，它们刚才竟避开目光！
方才，鸟雀还那样在树间喧腾，

---

① 出自《公祷文·诗篇90》：人生可期年七十。

先是越来越轻地啼鸣了一阵,
但现在像隐约的花寂静无声。
村里,教堂那铁钟敲出的声响,
也没摆脱这时分、时令的影响;
清清楚楚连在一起的九下钟,
睡意蒙眬地一一敲出;多不同!——
在隆冬时节,那时的几下钟声
常使炉边人听了害怕又不信!
牧羊人为了像太阳那样早起,
那时白天没结束就把门关闭;
如今他带着快慰的心情上床,
同他的小孩们一起进入梦乡。
蝙蝠被林木蔽天的小径引来,
在拱廊般的树荫里飞去飞来;
追白飞蛾的是只忙碌的夜鹰,
对勤者或懒汉,它的呼呼声音
很适合,两者听了都可能高兴。
我听到有一条小河音美声柔——
看不见它,却知道它在哪里流;
车轮和马蹄的声音不再听见;
可有一条船,它的桨越来越慢——
入水再划一下,船就能靠上岸;
幽幽的声响!对爱作乐者来说,
可能使他做片刻的认真思索——
最末来提示人们的一天劳作!

1832 年

在坎伯兰海岸的一个高处

四月七日,复活节
作者六十三岁生日

看来在温雅从容隐退的太阳
从远处抛来一道火样的亮光,
现在暗了,暗得像柔和的光彩
预示夜将带着慰人的梦到来。
四下里望去,没有一朵云在动——
是思索、体味与爱的宁静时辰。
一望无际的海面像躺在那里,
同整个天穹一样沉着而静寂。
哪来低低的声音?是风声飒飒——
掠过遮着岸、长满青草的地岬?
不;是大海让大地发出的声音,
它的低语竟这样柔和与温顺!

最高主宰啊,为了遏制冒犯者,
你会武装起来,把慈容放弃了,
让自己带上种种可怕的外表,
像狂暴的海掀起的骇浪惊涛;
在我势必很短的余下旅程里,
无论你给我定下怎样的戒律;
教导我吧,让你轻柔的劝诫声
使听觉灵敏的心灵听着高兴!
不管我这双凡脚走怎样的路,
请在我灵魂里注入你的赐福。
我高兴,这出于挚爱以及诚信——

这得自以恐惧开始的智慧中,①
高兴得满心舒畅;一段时间里,
我了无牵挂地深深思索着你!

1833年4月?

"不管有没有道路,只顾往前走"②

不管有没有道路,只顾往前走,
也不抬眼眺望。这可有多美妙!——
尽管四周的好风光美不胜收,
行路人却不让自己再次瞧瞧。
幻想女神描画了称心的景致,
或者,在美景此去彼来的中间,
你想着一些叫人高兴的心思——
所有这一切都使你意足心满。
若这种沉思、挚爱离我们而去,
那就让我们同缪斯斩断关系;
有沉思、挚爱做我们旅途伴侣,
随感官接受不接受外界信息,

---

① 本诗构思于作者自幼熟悉的一条路上,在这条路的一个高处,可以看到白浪拍岸的景象。作者记得自己第一次见到这景象时内心颇受震动,而且他也记得,他妹妹初次见到这景象并听到那涛声时,竟大哭起来。

② 在1833年的旅行后,作者写了一组不同形式的诗,这是其中第48首,也即最后一首。

内心里的天会洒下灵感露滴，
让这露滴浇灌最卑微的心曲。

1833 年

"若充满苦乐的伟大世界"

若充满苦乐的伟大世界
　　沿确凿的轨道巡回；
若沉落的自由会再升起，
　　飞走的德行会返回；
那么，谁满腹日常的烦恼，
　　又不从过去或将来
学会忍受和自制的技巧，
　　这蠢人倒霉就活该！

1833 年 12 月

致一位儿童①

小帮忙，只要在帮便是真帮忙。
好孩子！再差的朋友也别小看；
雏菊投下的影子把阳光阻挡，
让留恋不去的露珠得以保全。

1834年7月？

爱利瀑山谷②

——没一点流动的空气
来把这葱郁幽谷的心胸吹乱。
从溪岸开始，连绵的树像岩石
一样遍布四处；小溪像一路上
哺育它的迤逦山峦一样古老，
它并没有扰乱，却加深了宁静，
因为此地其他的一切都安谧。

---

① 像我以前常做的那样，这首四行诗是我即景口占的，因为当时我在赖德尔山宅的草地上看到了这一情景。在我的教女罗莎·奎利南的纪念册中，此诗第一次形诸文字。——作者原注

② 爱利瀑距尤尔斯湖西岸不远，该湖位于湖区东部，在诗人所住的格拉斯米尔和赖德尔村以北。

可现在有了一丝小小的微风——
也许从谷外咆哮的狂风溜来——
那些粗壮的橡树没有感觉到，
但小桦树对其轻抚却很敏感！
它在那边幽暗的洞上倒悬着，
看来了无声响，可悠晃的树枝
送出柔美的视觉音乐，几乎像
和谐的歌声一样，有力地挽留
行人的脚步并使他万念俱寂。

1835年9月？

闻詹姆斯·霍格去世有感即赋①

我初次走下那片高沼地，②
看到光秃而开阔的河谷，
看到亚罗河静静地流过——
是这埃屈克羊倌带的路。③

---

① 在纽卡斯尔的这份刊物（译者按，指《雅典娜神庙》，本诗第一次发表于1835年12月12日该刊，而霍格死于该年11月21日）上，我读到这位埃屈克牧羊人的死讯，当即写下这些诗行，然后抄录一份送交该刊编者发表。这首诗所痛悼的逝者中，有的是我朋友，有的则是相识。——作者原注

② 诗人第一次见到亚罗河是在1814年，可参看《初访亚罗》。

③ "埃屈克羊倌"即詹姆斯·霍格，因为他生于埃屈克森林，做过牧羊人。后司各特发现其写作才能，逐渐成为著名诗人、散文家和编著家。

我最近一次走在那河边，①
踏着小径在树丛里穿过，
这时，金黄色树叶在飘落——
是那位边区歌手领着我。②

这非凡的歌手不再呼吸，
已藏身在残垣废墟之间；
光顾亚罗河陡岸的死神
已合上羊倌诗人的双眼。

柯尔律治作为人的力量③
在其神奇的源头给冻住，
那时起，周而复始的岁月
还没有把它第二圈结束。

额头像天神、天蓝眼睛的
出神者已经长眠在土里；
欢快、温雅又随和的兰姆
已从他寂寞的炉边消失。④
像是掠过山头的朵朵云，
或是无可阻挡的重重浪，
兄弟们一个个离开阳光，
多快地去了那漆黑地方！

我呀，眼睛虽较早从婴儿

---

① 作者这一次来亚罗河是在1831年秋。
② "边区歌手"指英国诗人兼小说家司各特。他于1832年9月逝世，安葬于苏格兰东南部城镇梅尔罗斯附近的德莱堡大教堂。
③ 柯尔律治逝世于1834年7月。
④ 兰姆逝世于1834年12月，"寂寞的炉边"，指他终身未娶。

昏睡中睁开，却还在人世，①
听见胆怯的声音轻轻发问：
"下一个将是谁倒下消失？"

黑暗将笼罩崇高的生命，
像伦敦顶着黑色的烟环——
啊，克莱布，在汉斯台原野②
我同你曾在微风中观看。

你也已离去，像昨天的事；
成熟的果子给及时摘去——
对这事，为什么留下的人
却要发出他软弱的叹息？

就哀悼那圣洁的灵魂吧；③
春天般甜美，海洋般深邃——
但她的夏天没开始凋残，
却已经息凝气绝地沉睡。

为被杀青年和失恋姑娘
别再发出浪漫的老悲叹！
亚罗和埃屈克更加哀痛——
为其诗人的去世而辛酸。

1835年11月？—12月？

---

① 华兹华斯生于1770年，较上述几位诗人的生年为早。

② 英国诗人乔治·克莱布逝世于1832年2月。汉斯台为伦敦西北郊一个区，当时是颇宜眺望的住宅区，英国诗人济慈、亨特，画家康斯特布尔等都在这里居住过。

③ "圣洁的灵魂"指英国女诗人菲莉西亚·希门斯（Felicia Hemans，1793—1835）。

夜　思

看哪！月亮在天空中按照
她命定的旅程欢快运行；
她常常在人的眼前隐掉
　　或露出个淡影，
但只要云朵飞向了两旁，
　　她模样多明亮！

任性的人类却大不相同；
万千的人很幸运、很富足，
心中却不快，脚步却沉重——
　　闷走着他的路；
这些人不知感恩，整年里，
　　面孔上没笑意。①

倘这类情绪来我的心胸，
使我的精神无端地萎靡，
请让我在自己的想象中
　　追随着你航迹，
天上的光明之船哪，原谅
　　我以你去对抗。

1837年？

---

①　在1837年的版本中，本诗为四节，但后来作者删去了第二节，于是原来的第三节成了现在的第二节。

温德米尔湖边的孀妇

1

最最贫贱的人们中,当自尊上升
到高而又高,感情却沉郁再沉郁,
这可多美啊!瞧瞧那一扇门里,
一位给撇下的寡妇债欠了一身——
这不能怪她。对于命运的凶狠,
她没有白费口舌地抱怨,却努力
做体面的偿还,既为了良心关系,
也为了使她本人和她的子女们
在世人眼中能挺直身躯。天已黑,
她的活却没停,依然认真地在干,
干到了深夜;这就使有的人认为:
这高尚的人从来就不需要睡眠;
但是,就在她那颗哭泣的深心内,
死神把她的孩子们一个个打遍。

2

做母亲的满腔悲痛,泪不住地淌,
直到某冬日的中午,在她的眼前
她最后一个儿子被埋到土里面——
看哪,他衣裳白得像天使的一样!
他的脚像耀人眼睛的积雪光亮,
是啊,比那脚碰到的积雪亮得多。
同下着或似乎要下的雪差不多——
大自然中的雨雹霜霰全比不上。

她颇宽慰，因为她相信从这时起，
任何事都不会再使她悲伤憔悴；
可那些变了形体的却一年到头
出现着，而她那主宰理智的肉体
却并非出现在眼前的精魂对手。
带她去吧，仁厚的苍天，发发慈悲。

3

可为什么那样祈求？好像除掉
死亡的道路还能够引她去极乐，
她遇不上好事，这样想可就错了。
丧失了理智，贫苦的命运她难逃，
但经常的狂喜却使她忧去怨消。
她也不是另一种类型的疯狂者，
不去吻空气或在峭壁上乐呵呵。
不，她经受着稀奇的磨难去墓窖，
微笑得像已赢得殉道者的花冠。
光线穿过云层和摇荡的林木时，
这母亲常张开了双臂跪倒在地，
呼唤她儿子，要他天使般地下凡；
这时她自己天使般的光辉清姿
似乎开始在她人间欢乐中显现。①

1837年？

---

① 本诗由3首十四行诗组成，头8行的韵式均为abbaacca，后6行略有不同，分别为dedede, defdfe, deeded。

"听听这只画眉呀！阴雨中早来的"

听听这只画眉呀！阴雨中早来的
黄昏没使他感受到害怕和沮丧；
他一边想着窠中的爱侣一边唱——
连呼啸的风也不能扑灭他的歌；
而且越受这激励，越像是欢愉。
谢谢你，为锁在炉边的囚徒松绑，
你的歌使烦躁的心欢乐而舒畅，
霎时间就平息了我的忧思焦虑。
勇敢的鸟儿呀，我定要冲进大风，
只要你愿意，就同你一起高声唱，
让我缄默的伴侣，在不是你那种
由爱建造却是凭爱选定的窠中，
像以前在那些天气里听我们唱，
一生为这断续对歌高兴又激动。

1838 年 4 月？

"昨天的傍晚，他带着蔑视在对抗"

昨天的傍晚，他带着蔑视在对抗
呼啸的暴风雨，可他的黎明晨曲
却如此低微，这变化真使人忧郁！

是这时的瞌睡抑制了他的欢唱?
或是像夜莺,到时候就不再欢畅,
于是这可爱的画眉调节了歌声,
以便能配合远处那残月的心情?——
她又低又淡,正感到加倍的沮丧。
升吧,迟来的太阳!让这歌手证实
(现在,清晨和黑夜已不难辨测)
他倾吐的意气带着怎样的欢乐。
无论在天上地上,这欢乐和意气
最有助于造就真正的愉悦、欢快,
最富于感情地应付伤感的到来。

1838 年?

可怜的罗宾①

眼下,报春花正显出绚烂的姿容,
盛开的百合花正迎着三月的风;
比较普通的花草因同样的意愿,
穿上了最好的衣裳来欢迎春天。
可怜的罗宾仍没花,但在阳光下
它挺着那些红红的梗子多欢洽!
满足于硬硬的床和稀少的养分,
它展开一簇簇的叶和绿丛相混;

---

① 一种野生小天竺葵的俗名。

其中有一些很鲜艳，也很有魅力，
能同夏天里最美好的红花相比；
路人如果只是不经意地看一下，
准会把它们当作是一朵朵的花；
是花，或者是（只可惜时令不对）
更珍贵的物产：稀疏的成熟草莓。

可既然千百种乐趣不求自会有，
又何必去想着它的匮乏和富有？
拨这根弦可是要引出一段歌唱，
唱以它为中心的各种美好想象？——
因为人人都承认小精灵神通广。
要不然，难道是我们爱把它称赞，
说它是忠实、狡黠的诤友和伙伴？——
它不管自己的名字，照样要展现
鲜明的色彩，不管这是不是蒙骗。
不，我们只夸奖它那大度的好意——
尽管被忽视，却在温暖的山谷里
和赤裸的小山上努力尽着职责；
哪怕它现在没有花，也心欢意畅，
同日后额头上缀的小珍宝一样。
而且我们还希望：被人们轻视的
和自视过高、总是高昂着额头的，
如果说，这自然之子的谦卑形象
偶然被他们看到，他们该想一想，
对一切看来被忽视、遗弃的来讲，
为他们备着、留着什么样的补偿；
份份相等的命运分配得多细心——
苍天的手是多么地慷慨和公允。

1840 年 3 月？

"让雄心勃勃的诗人去攻占人心"

让雄心勃勃的诗人去攻占人心，
我的诗宁可凭既柔又刚的力量，
让逗乐了的心怀着亲切的感情
立即报以欢迎，像烈风前瑟缩的
三月花朵，乐意在轻柔的南风中
吐出最珍奇的芬芳，因为这风儿
温和的气息撩动着它们的心胸。①

1841年？

"一弯新月，爱神的一颗星"②

一弯新月，爱神的一颗星，
　你们俩为傍晚时分添辉增光，
只隔着一小片天空相望——
　就请说说，免得我分不清：
你们哪位是侍从，哪位是女王？③

1841年2月

---

① 本诗原作无韵，含8个分音步诗行。

② "爱神的一颗星"指金星，也称晚星或昏星。

③ 英语诗歌中，诗行的排列形式往往反映该诗韵式（可参阅后面一首），但本诗例外。

"对！你漂亮"

对！你漂亮，但别因漂亮
　　对我这陈述就轻视：
有时，我爱我自己的想象
　　对于你所做的润饰。

想象力就是得激励活动；
　　好姑娘，相信这道理：
人的心如果没什么可送，
　　就看不到什么东西。

高兴吧，造物使你能满足
　　我心灵中的献身欲——
凭的是陆海空中的万物
　　都服从的那些规律。

　　1845 年？

"我的女士啊，你美好笑容"

我的女士啊，你美好笑容
就像是光明照进我心中！
我的脸若把这光明反映，

你可要高兴看待这情景；
像皓月怀着怯生生自豪
　　凝望她自己的清辉
在奔流江河上得到返照，
　　遍洒在山坡又折回。

　　1845 年？

"高高在上的夜之女王多美丽"

高高在上的夜之女王多美丽！
她在朵朵散乱的云间赶着路，
时不时她的那张脸会被遮住，
藏在难以透视的浓重阴暗里。
但看哪，在注视着的眼里，
一道光亮的云边预示了：很快，
将看到月亮会挣扎出来——
重新在澄澈、湛蓝的空中走去。

　　1846 年？

"读者,别了!这是我最后几句话"①

读者,别了!这是我最后几句话——
如果想象和真实在这书中和洽,
如果通过这本书,由细心的才艺
调理的简朴自然能到达你心底,
请把我唯一渴望的爱赏给我吧!

---

① 与本集中的序诗一样,本诗的创作年份待考。两诗都译自1911年版《人人丛书》的《华兹华斯短诗集》。

华兹华斯生平简表

年份	生 平	参考事件
1770	4月7日生于坎伯兰郡的考克茅斯	1769年拿破仑生 同年瓦特的蒸汽机获得专利
1771	诗人唯一的妹妹多萝西生（三位兄弟查理、约翰、克里斯托弗分别生于1768、1772、1774年）	1770年贝多芬生 1772年柯尔律治生
1776—1777	与未来的妻子玛丽·赫钦森恰巧在同一所幼儿园	1776—1782年美国独立战争
1778	母亲去世	
1779	进豪克斯海德学校（除假期外，一直待到1787年）	
1783	父亲去世	
1787	进剑桥大学圣约翰学院	
1789	与妹妹及玛丽·赫钦森一起度假	法国大革命爆发
1790	假期中徒步漫游法国、瑞士、意大利	
1791	获文学学士学位，去法国进一步学习法语	
1792	与法国医生之女安妮特·伐隆生下女儿安妮·卡罗琳后回英国	法国向奥地利、普鲁士宣战，9月份击败普鲁士
1793	在伦敦。《黄昏信步》《写景诗》出版。8—9月徒步游历索尔兹伯里、布里斯托尔，又经丁登寺至北威尔士。10月秘密去巴黎	法王路易十六于1月被处死。2月，英国对法宣战
1794	在湖区	罗伯斯庇尔被处死
1795	友人去世，遗赠给他900镑。8月与柯尔律治相遇。9月与多萝西迁居多塞特郡的瑞斯当宅	法国成立五人执政内阁
1797	6月，柯尔律治来访。7月，华兹华斯兄妹迁居离柯尔律治住处较近的奥尔福克斯敦宅	1796年拿破仑发动意大利战役
1798	7月，游丁登寺。9月，《抒情歌谣集》出版。此后偕妹赴德国，在戈斯拉尔（Goslar）小住至次年4月	法国通过扶植与之结盟的政府而控制瑞士
1799	5月回英。12月，与多萝西迁至威斯特摩兰境内的格拉斯米尔教区，定居于汤安德的鸽庐（至1808年）	11月拿破仑任第一执政
1800	《抒情歌谣集》第二版出版，附有著名的前言	
1802	8月，与多萝西去法国加莱看望安妮特和卡罗琳。10月，与玛丽·赫钦森结婚	
1803	8—9月，偕柯尔律治和多萝西游历苏格兰	
1805	2月，弟弟约翰因船只失事遇难。完成《序曲》	1804年5月拿破仑称帝
1807	《两卷集》出版	
1808	5月，迁居格拉斯米尔教区的爱伦·班克（至1811年）	
1810	与柯尔律治不和	
1811	迁居格拉斯米尔教区长住宅（至1813年）	
1812	与柯尔律治和解。次子与次女去世	拿破仑入侵俄国

续 表

年份	生 平	参考事件
1813	任威斯特摩兰郡税务员。此后一直定居于赖德尔村的赖德尔山宅,该村在格拉斯米尔东南约2英里,西首是小小的赖德尔湖	
1814	夏,偕妻及妻妹萨拉游历苏格兰。《漫游》出版,此后还出版了其他长诗和诗集	6月发生滑铁卢之战
1817	在伦敦与济慈见面	
1820	5—12月偕妻子与妹妹游历欧洲大陆。新版《四卷集》等出版	
1829	妹妹多萝西患重病	
1831	9—10月,与女儿等人游历苏格兰,探望瓦尔特·司各特。与柯尔律治最后一次会面	
1834	柯尔律治去世	通过济贫法修正案
1837	3—8月,游历法国、意大利	1835年多萝西精神失常
1838	《十四行诗集》一卷出版。获达勒姆大学民法学博士学位	
1839	获牛津大学民法学博士学位	
1842	4月,《诗集》第七卷出版。7月,辞去税务员职务,接受政府颁发的每年300镑年金	宪章运动扩大影响
1843	继骚塞之后被指定为"桂冠诗人"	
1847	长女去世	
1849	他本人编定的最后一本《诗集》(第七版,六卷)出版	
1850	4月23日去世。葬于湖区的格拉斯米尔(在伦敦西北约260英里)。7月,《序曲》出版	
		1855年多萝西去世
		1859年华兹华斯夫人去世

后　　记

　　本书初版于1986年11月,此后于1988年4月、1990年12月、1992年6月三次重印,共计印了24000册。另外,从台湾桂冠图书公司的"1997精选目录"上看到,该公司已推出了本书的繁体字本。由此看来,海峡两岸众多的读者是希望通过译本来了解华兹华斯的。

　　当然,这种愿望十分自然,因为在百花齐放、群星璀璨的英国诗坛上,华兹华斯是屈指可数的几位最伟大诗人之一。然而,这位对英诗做过重大革新的浪漫主义诗人却与"消极""保守"甚至"反动"联系了起来。于是在几十年的时间里,这样一位诗人在有的地方被打入冷宫,从译者和读者的视野中消失了。

　　20世纪80年代以来,我国的文学翻译从沉寂中复苏并开始走向繁荣。随着思想逐渐解放,视野逐渐开阔,对英诗有兴趣的译者与读者越来越感到有必要介绍华兹华斯。但是,从感到有这样的必要到出版华兹华斯的专集还是有过程的。

　　1982年,我在"文革"中译就的菲茨杰拉德的《柔巴依集》由上海译文出版社推出。在此之前40年左右的时间里,这本篇幅极小而流传极广的诗集在我国大陆只出过郭沫若译本《鲁拜集》。因此,《柔巴依集》的出现,实际上打破了翻译中原先那种名家名译单花独放的局面。这件事给了我很大的鼓舞,也给了我启发,使我明白:一部作品不管什么人译过,只要新译有出版价值,也是可以出版的。而且,作品的内容倾向也是可以多元化的。

　　接着,上海译文社的"译文丛刊"准备推出"诗歌特辑"。我从自己现成的译文中选了一部分送审,其中包括华兹华斯的9首著名短诗,结果顺利通过,出现在1983年出版的《在大海边》中——该书首版就印了近60000册,当时翻译诗受欢迎的程度可见一斑。

受到这一鼓励,我定下了译《华兹华斯抒情诗选》的计划。此后,译文社买来了篇幅达 2000 多页的企鹅版华氏原作,这使我对华氏作品的全貌有了约略了解,也为我选译较短的抒情诗提供了很大空间。

接下来的诗篇选择与翻译以及编辑审校似乎进行得都很顺利,不久之后本书问世,华氏在我国总算有了专集。然而,也许正因为当初太"顺利",也许新生的事物总有很多不足,总之,在拙稿印出后再看,总觉得当初对自己要求过低,可改进的地方颇多,因此常随看随改。遗憾的是,书印成之后就有较大的稳定性,难以随便做较大改动。

幸而,华兹华斯在英国文学史上的地位相当稳固,因此他作品的译文也有了继续存在的基础。承出版社美意,准备把这本专集再出下去,而更让我高兴的是,这不是重印,是重排。这样,既可以把以前所做的修改全部用上,更可以趁这次宝贵的机会对全书做进一步修订。

这次修订中,除个别短诗,本书中绝大多数译文都有程度不同的改动。虽说这些改动有的偏重于原作内容的传达,有的偏重于原作形式的复制,但目的只有一个,就是让译文比较准确地反映原作的内容与形式。我相信,通过这次较全面的修订,误译可有所减少,总体质量可在原有基础上得到相当提高。

然而,实践也告诉我,没有改进余地的译诗是极少极少的。即使是一首自己颇感满意的译诗,隔段时间再对照原作读读,也往往会情不自禁地加以修改(只是这种修改的必要性与幅度可能与最早的修改有所不同)。当然,这样的修改仅仅是"自我批评"而已。我想,如果能得到读者的批评指教,那么对译作的帮助将更大。

黄杲炘
1999 年 2 月

又 记

本书 2000 年重版，原以为这本拙译已到此为止，没想到这次有机会与其他拙译"重新亮相"。于是，在重读一遍拙译的同时，又做了一些修改，而变动较大的是：加进 5 首华氏的早期诗作《椋鸟之死》《为将来离校而作》《怀念科林斯》《题登山小路旁的座位》《安德鲁·琼斯》，删除华氏的 6 首译诗。

本书插图作者为 Birket Foster，J.Wolf，John Gilbert。

黄杲炘
2015 年 3 月